KB123254

기파

기파

© 박해울, 2019. Printed in Seoul, Korea

초판 1쇄 펴낸날 2019년 11월 20일
초판 5쇄 펴낸날 2022년 12월 15일

지은이	박해울
펴낸이	한성봉
편집	김학제·신소윤·권지연·전소연·문정민
디자인	정명희
마케팅	박신용·오주형·강은혜·박민지·이예지
경영지원	국지연·강지선
펴낸곳	허블
등록	2017년 4월 24일 제2017-000050호
주소	서울시 중구 퇴계로 30길 [필동 1가 26] 무석빌딩 2층
페이스북	www.facebook.com/dongasiabooks
전자우편	dongasiabook@naver.com
블로그	blog.naver.com/dongasiabook
인스타그램	www.instargram.com/dongasiabook
트위터	twitter.com/in_hubble
전화	02) 757-9724, 5
팩스	02) 757-9726

ISBN 979-11-90090-05-6 03810

이 도서의 국립중앙도서관 출판예정도서목록(CIP)은
서지정보유통지원시스템 홈페이지(http://seoji.nl.go.kr)와
국가자료종합목록 구축시스템(http://kolis-net.nl.go.kr)에서
이용하실 수 있습니다. (CIP제어번호 : CIP2019044829)

허블은 동아시아 출판사의 SF 브랜드입니다.

※ 잘못된 책은 구입하신 서점에서 바꿔드립니다.

만든 사람들

책임편집	김학제
크로스교열	안상준
본문디자인	전혜진
일러스트	제니곽
본문조판	김경주

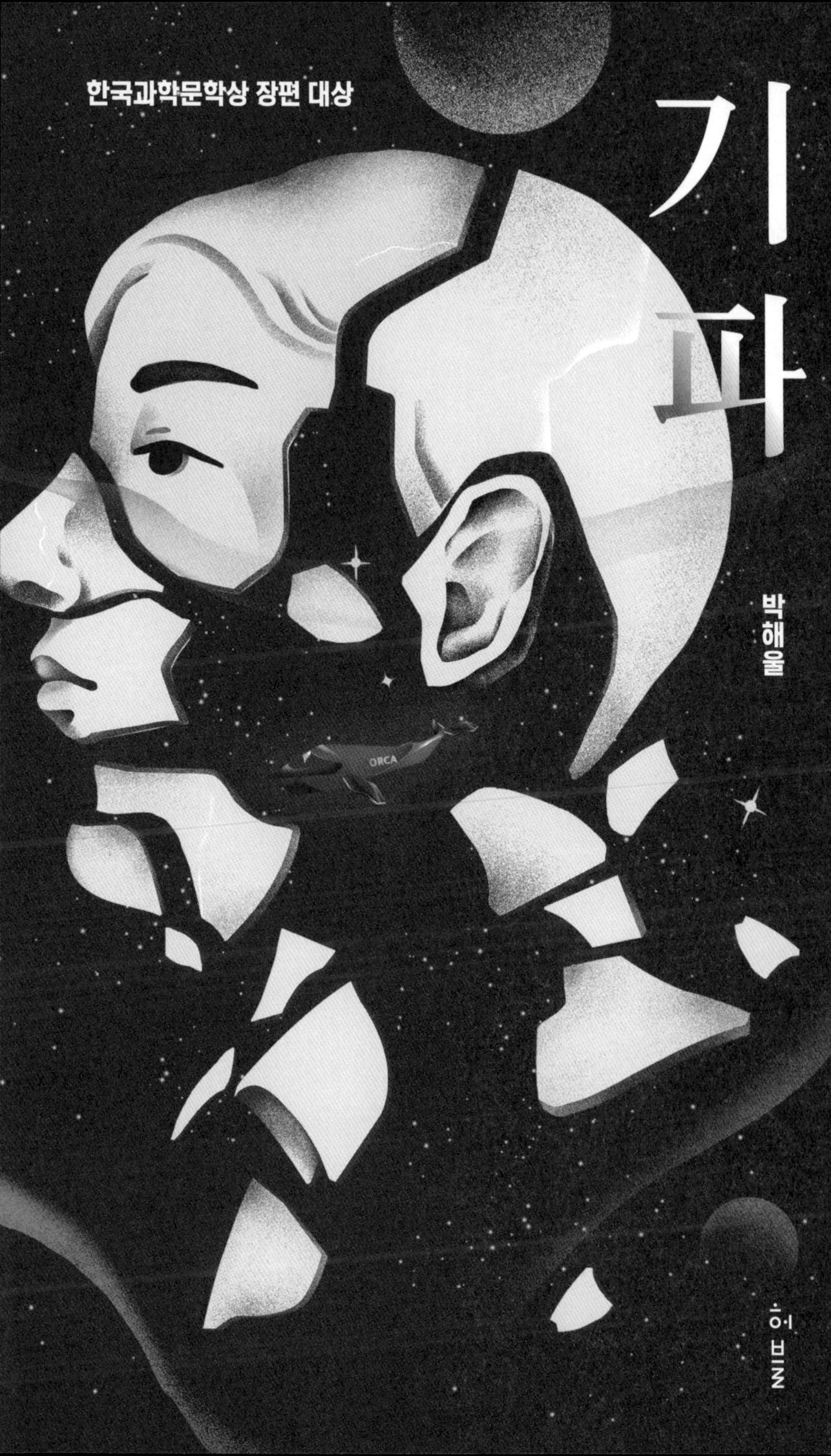
한국과학문학상 장편 대상
기파
박해울
ORCA
허블

차례

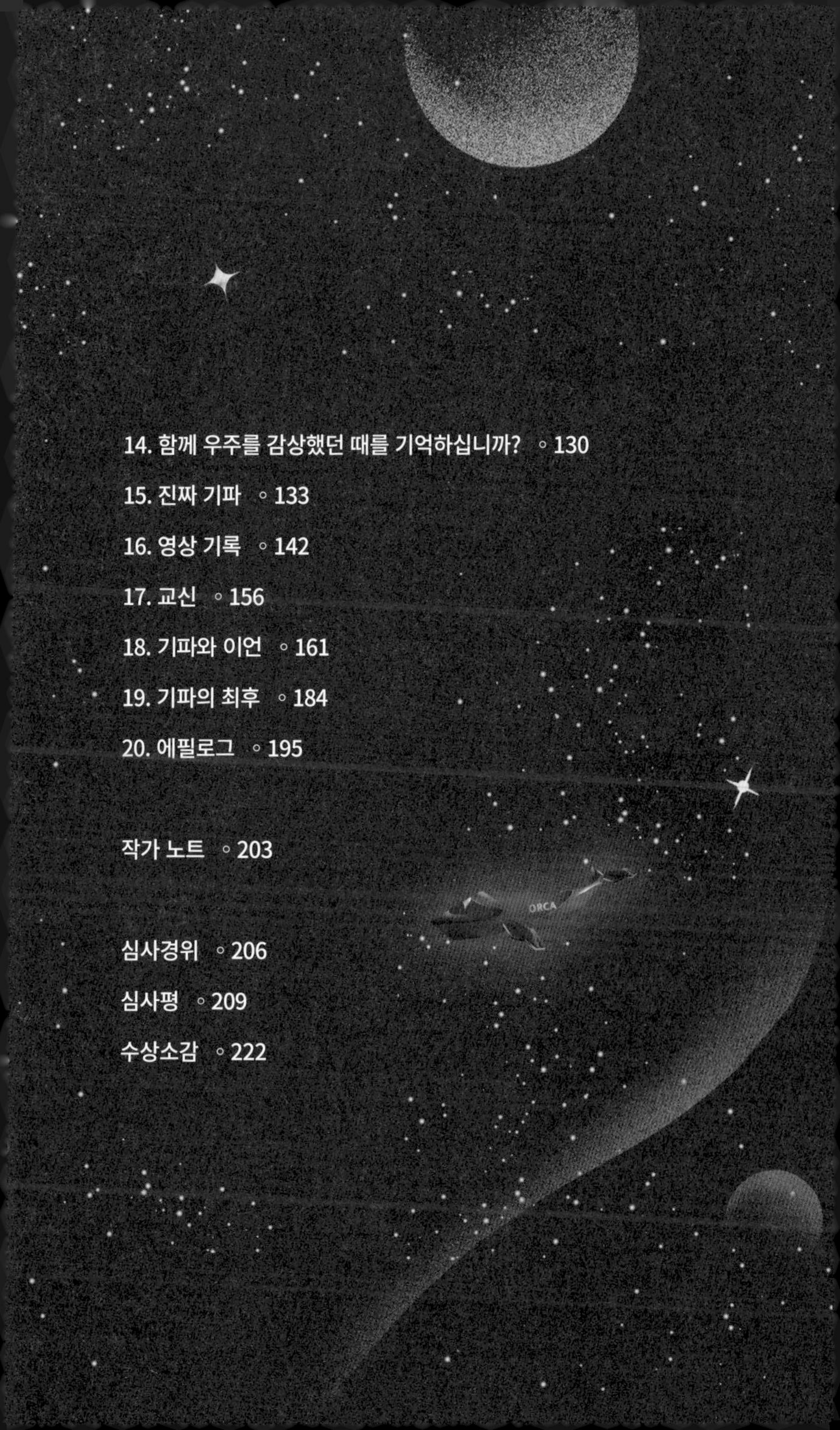
ORCA

1. 프롤로그

침대 옆에 고개를 파묻고 엎드려 있던 충담은 기파라는 이름을 듣자마자 얕은 잠에서 깨어났다. 그 이름은 언제 들어도 정신을 또렷하게 했다. 작게 열려 있던 문틈으로 휴게실 텔레비전 소리가 흘러들어 왔다. 손에 닿는 시트의 감촉이 부드러웠고, 뺨을 스치는 에어컨 바람이 잔잔했다. 병실은 먼지 하나 없이 깨끗했다. 주치의와 간호사는 짜증스러운 기색 없이 친절했다. 다리 한쪽이 기계 의족이며, 솔기가 뜯어진 낡은 옷을 입은 자신과는 어울리지 않는 곳이었다.

침대에는 연이가 누워 있었다. 얇고 부드러운 속눈썹이 호흡할 때마다 바르르 떨렸는데, 충담은 그 모습을 보며 자신도 모르게 숨을 죽이곤 했다.

협탁 위에 작은 카드가 놓여 있었다. 그가 잠시 눈을 붙인 사이에 누군가 다녀간 듯했다. 그는 카드를 열었다.

따님의 쾌유를 빕니다.
수술은 잘되었다고 들었습니다.
도움이 필요하면 언제든지 연락 주세요.
저희가 함께하겠습니다.

카드 뒷면에 기파복지재단의 로고가 선명했다. 재단 사람들은 언제나 인사도 없이 카드와 돈이 든 봉투를 놔두고 갔다. 거래는 끝난 지 오래인데도 그들은 상징적인 의미로 봉투를 이용했다. 그가 목격한 일을 잊으라고 재촉하는 카드와 두툼한 봉투는 그의 마음 한구석을 무겁게 했다. 그는 카드를 안주머니에 넣고 창밖을 바라보았다. 눈이 올 모양인지 하늘이 회색 구름으로 가득했다. 저 멀리 대도시의 빌딩 숲이 펼쳐져 있었고, 창 밑으로 일반 병동의 복도가 내려다보였다. 한 뼘 정도의 지름을 가진 납작한 원형 로봇들이 복도 바닥에 딱 붙어 먼지를 닦아내고 있었다. 환자들은 힘없이 발걸음을 옮겼고 병원 직원들은 분주하게 움직였다. 전자 진료차트를 유심히 보며 걸어가는 의사 뒤로 4개의 바퀴로 움직이는 원통형 로봇이 뒤를 쫓았다. 바퀴

타이어가 다 닳아서 수평을 유지하지 못하고 비틀거렸다. 로봇과 사람이 정신없이 뒤엉킨 풍경이 답답하면서도 너무도 자연스럽게 느껴졌다. 조용한 병실에서 분주한 일반 병동을 보고 있자니 아득한 기분마저 들었다.

한 사람의 목소리가 병실의 고요함을 깼다.

"아저씨!"

병실 문가에 아누타가 서 있었다. 몇 달 만에 보는 데다가, 말끔한 모습은 처음이어서 얼떨떨했다. 하지만 오른쪽 기계 의안은 여전했다. 그녀가 머뭇거리며 말했다.

"나도 참. 뭐라도 사 왔어야 했는데."

충담은 그녀를 휴게실로 데리고 나왔다. 문안객 여럿이 모여 이야기를 나누는 중이었다. 텔레비전에서 기파의 장례식이 생중계되고 있었다. 정장을 입은 남자 6명이 리무진 트렁크에서 관을 꺼냈다. 수백 명의 조문객이 주변에 모여 있었다. 기자들이 카메라 셔터를 하도 눌러대는 통에 눈이 부실 정도였다. 그는 화면에서 고개를 돌리며 물었다.

"요샌 어떻게 지내?"

소파에 앉은 그녀는 혈색이 몰라보게 좋아졌지만 지쳐 보이는 기색이 역력했다. 그녀의 기계 의안 속 렌즈가 실내등 불빛에 반사돼 잠시 번뜩였다.

"기파재단에서 받은 돈을 어디에 쓸까 고민 중이야. 막상 받으니까 계획했던 게 전부 망설여져."

"눈 수술은 아직이야?"

"당분간은 그대로 있고 싶어. 생각할 시간이 필요해. 그래서 얼마 전에 수명 연장 시술부터 받았지."

충담이 이해한다는 뜻으로 고개를 끄덕였다.

"아저씨는 요새 어때?"

그는 대답 대신 안주머니에서 카드를 내밀었다. 그녀는 그것을 받아 읽었다.

"나도 마찬가지야. 어디에 있든지 꼭 이게 놓여 있어. 재단이라면 내가 어디로 가든 찾아낼 수 있다는 듯이."

텔레비전에 아나운서가 나타났다. 그들은 말을 멈추고 화면을 응시했다.

"기파는 훌륭한 의사, 아니 참다운 인류애를 실천한 이 시대의 성자였습니다. 난파된 오르카호에서 몇백 명의 환자를 홀로 돌보았던 그의 숭고한 희생을 우리는 기억할 것입니다. 앞으로 기파와 같은 사람을 다시 만날 수 있을까요?"

태블릿으로 책을 읽고 있던 중년 남자가 말했다.

"저런 사람이 진짜 의사지. 한창나이던데."

옆에 있던 젊은 여자도 거들었다.

"그러니까요. 살아 돌아왔으면 좋았을걸."

화면이 전환되었다. 이동하는 관 앞으로 한 사람이 영정 사진을 들고 걸어갔다. 사진 속의 기파는 환하게 웃고 있었다. 그 양옆으로 잿빛 원피스를 입은 소녀와 검정 넥타이를 한 소년이 국화를 한 아름 안고 있었다.

충담은 영정 사진 속 기파의 얼굴을 보았다. 누구보다도 가까이에서 본 적 있는 얼굴이었다. 절대 잊을 수 없는 얼굴. 기파의 두 눈을 응시한 순간, 그는 두려움을 느끼며 가슴을 움켜쥐었다. 칼로 찌르는 듯한 통증이 심장에서 시작해 갈비뼈를 지나 등까지 이어졌다. 몸을 숙이고 비명을 지르지 않기 위해 입을 틀어막았다. 시야가 흐려졌다.

아누타가 허둥거리며 그를 흔들었고, 충담은 들릴 듯 말 듯한 소리로 대답했다.

"괜찮아."

충담의 눈동자가 흔들렸다. 어두운 복도와 정신없이 오르내렸던 층계가 생생했다. 주변에 불타거나 매장된 시체가 없을지라도, 그는 그때 맡았던 냄새를 똑똑히 맡을 수 있었다. 충담은 어쨌거나 괜찮다고 생각했다. 이제 연이는 기계 심장을 달고 있다고 놀림당하지 않을 것이다. 더는 로봇 취급을 당하지도, 세상 속에 숨어 살지도 않을 것이다. 그리고 원하는 직업을 선택해 살아가게 될 것이다. 아이가 자신과 똑같은 삶을 살지 않게 된 것만으로도 그는 다행이라고, 자신의 선택이 옳았다고 스스로 다독였다.

2. 난파

충담이 우주크루즈 오르카호를 발견한 것은 그것이 소행성대
에서 난파된 지 6개월 만의 일이었다.

그는 작은 우주선 하나를 쫓고 있었다. 지난달에 우주선 카탈
로그의 표지를 장식했던 신형 모델이었다. 저 안에 절도범이 타
고 있을 게 분명했다.

그는 우주택배원이었지만, 지금은 배달을 나온 것이 아니었
다. 그가 담당 구역인 지구와 달을 벗어나 소행성대까지 나온
것은 얼마 전 달 우주정거장에서 일어난 수하물 도난 사고 때
문이었다. 고객과 협의한 장소에 놔둔 수하물을 누군가가 훔쳐
갔고, 그 배상금을 그가 대신 물게 됐다. 고객이 수령하기 전에
수하물이 분실될 경우, 어떠한 이유를 막론하고 담당 택배원에

게 책임이 돌아갔다. 보통은 액땜한 셈 치고 넘어갈 수 있었으나 이번엔 상황이 달랐다. 도난당한 수하물은 터무니없이 고가였던 것이다. 근근이 모아둔 돈으로 배상하기에는 턱없이 부족했기에, 결국 배달 업무를 잠시 접고 절도범을 추적하기 시작했다. 그는 누군가를 옭아낼 만한 사람이 결코 못 됐지만, 두 손 놓고 기다릴 수만은 없었다. 그에겐 연이가 있었다. 연이를 위해서라도 어떻게 해서든 빼앗긴 물건을 되찾아야 했다. 그렇게 무모한 추적을 이어가던 중, 절도범에 대한 소식을 전해 들었다. 소행성대에서 그의 우주선을 보았다는 소식이었다. 그는 그 길로 소행성대로 달려갔고, 드디어 절도범이 탔으리라 추정되는 우주선을 찾게 됐다.

하지만 그 우주선은 충담의 폐선 직전인 중고 우주선을 비웃기라도 하듯 허무할 정도로 재빠르게 사라져버렸다. 전속력으로 달려도 따라잡을 수 없다는 생각이 들자, 추격 의지가 꺾이고 말았다.

그는 정지 레버를 내리고 깊은 한숨을 쉬었다. 맥이 빠졌다. 남의 물건을 훔쳐놓고, 팔자 좋게 최신형 우주선을 타고 있다니. 그는 마른침을 삼켰다. 이대로라면 배상금은 자신이 전부 떠안게 된다. 연이의 수술비용은 또 어떻게 마련해야 할지 눈앞이 캄캄하기만 했다.

지구에서 연이가 기다리고 있었다. 아픈 아이를 남이나 다를 바 없는 먼 친척 집에 데려다 놓고 몇 달 동안이나 우주에 나갔다가 지구로 오는 생활을 계속하고 있었다. 품속으로 뛰어드는 딸아이를 안으면, 작은 가슴에서 기계 심장의 박동이 들렸다. 딸깍이는 소리는 무서울 정도로 정확했고 그 박동 소리를 듣고 있노라면 마음이 조급해졌다. 어서 심장을 교체해주지 않으면 딸아이도 사라질 거라고, 그러니 어서 수술 비용을 마련하라고 종용하는 것처럼 들렸다.

오랫동안 시설관리자로 일했던 학교에서 권고사직을 당했다. 사고로 다리를 잃었기 때문이다. 아내는 세상을 떠났고, 아이는 크게 다쳤다. 아이를 지킬 사람은 이제 자신뿐이었다. 그래서 우주택배일을 시작했다. 아내의 사망 위로금이 아니었다면 우주선도 사지 못했을 것이다.

정기 검진을 하러 병원에 갈 때마다 듣는 이야기는 매번 같았다.

"생체 심장으로 교체해주면 추가 비용이 발생하진 않을 겁니다. 검진 횟수도 대폭 줄 거고요."

물론 충담도 알고 있었다. 하지만 그는 당장 기계 심장 교체조차 벅차게 느껴졌다.

그는 망연자실하게 조종석에서 내려와 바닥에 누웠다. 면적이 좁아 모로 돌아누울 수밖에 없었다. 천장에 난 원형 창으로 까만 우주가 보였다. 심해에 와 있는 기분이었다. 그는 한쪽 팔로 눈가를 가리며 말했다.

"다시 재생해."

선내의 음성인식 시스템이 다시 작동했다.

고향 땅에서는 모두 나를 기다리네
구름 위에 떠가는 달이
맑은 모래 일렁이는 물이
내 소식 전해주리

오래된 노래의 후렴구였다. 이 노래는 유럽의 한 작은 나라의 전통 멜로디를 아시아 작사가가 번안한 곡이었다. 대부분 들려줘도 고개를 갸웃거릴 정도로 인지도가 낮았다. 하지만 최근 우주에서 사고가 벌어진 이래로 사람들에게 새롭게 다가오게 되었다. 그 사고에서 큰 역할을 한 정의로운 의사 '기파'가 즐겨 부르는 노래이기 때문이었다.

혼자 있을 때의 적막이 두려워서 그는 항상 라디오 방송을 켜놓고 있었다. 취향은 아니었지만 얼마 전부터 그의 우주선에도 이 노래가 시시때때로 울려 퍼졌다. 일부러 찾지 않고 무작위로 틀어도 계속해서 들을 수 있을 만큼, 모든 채널에서 이 노래만 틀었다. 그는 이렇게 대대적으로 한 사람의 송환에 주목하는 것이 신기했다. 그가 그 유명한 기파의 평전을 리더기에 다운받았던 건 어디까지나 호기심 때문이었다. 도대체 기파가 어떤 인물이기에 다들 이토록 열광하는 것인지 궁금했다. 그렇게 그의 행적을 읽고 나자, 기파가 얼마나 숭고한 인물인지, 어째서 오르카호의 성자라고 불리는지 알 수 있었다.

어쨌든 여기서 빠져나가야 할 텐데. 그러나 그는 지금 자신이 어디에 있는지조차 알기 어려웠으며, 어느 방향으로 가야 할지도 알 수 없었다. 소행성대까지 온 이상, 방향이나 현재 위치를 찾는 것은 무리일지도 모른다. 그의 앞에는 끝을 가늠할 수 없는 적막과 깊은 암흑만이 있었다. 원래 알던 세계에서 튕겨 나온 듯한 느낌이었다.

충담은 일어나 전방을 주시했다. 저 멀리 2시 방향에 조그만 흰색 물체가 보였다. 그는 우주선을 몰아 가까이 다가갔다. 제 눈을 의심했다. 그것은 오르카호였다. 모든 사람이 입을 모아 절대 찾을 수 없을 거라고 했던 그 난파선이 눈앞에 있었다. 궤도를 이탈하여 신호가 잡히지 않는 우주선을 찾는 것은 요원해 보였으며, 학자들은 찾아낼 확률이 한없이 제로에 가깝다고 했다. 하지만 그것은 충담 앞에 있었다.

오르카호는 처음 선보일 때부터 전 지구적 관심을 받았다. 길이 250미터, 40미터의 폭을 가진 거대한 선체. 그 안에 승객 500명, 승무원 350명이 탑승한다고 했다. 그런데 그 거대한 우주선이 난파되고 말았다. 예기치 못한 소행성 충돌 때문이었다.

오르카호를 찾기 위해 크고 작은 우주선들이 앞다투어 우주로 나섰다. 승객들 대부분이 전 세계적으로 유명하거나 부유한 이들이었기에, 인명 구출 공고가 무수히 생겨났다. 사례금은 막대했다. 충담도 사례금 액수에 홀려 이리저리 수소문을 해봤지만 감히 구출에 나서지는 못했다. 3명 정도가 겨우 구겨 탈 수 있는 작은 우주선에 무엇을 바라긴 어려웠다.

조종석에서 몸을 일으킨 충담은 코가 닿을 정도로 창에 얼굴을 갖다 댔다. 범고래의 학명인 'Orcus orca'에서 명칭을 땄다는 오르카호는 그 이름에 걸맞게 거대한 고래 형상을 하고 있었다. 광고에서 보았던 고래 형상과는 달리 왼쪽 지느러미와 꼬리가 흉하게 떨어져 나가 몸체 근처를 부유하고 있었고, 배 부분이 외부 충격으로 심하게 긁혀 엉망이었다. 하지만 그것은 어두운 우주에서도 홀로 빛나고 있었다.

충담은 조종간 핸들을 잡고 난파선에 가까이 다가갔다. 떨어져 나간 지느러미와 꼬리 한가운데에 '오르카'라고 쓰인 글자가 빛을 받아 황금색으로 번쩍였다.

그는 조종간 옆의 스크린을 터치하여 기파복지재단의 홈페이지에 접속했다. '오르카호의 성자 기파의 생환을 염원합니다'라는 문장과 함께 기파의 웃는 사진이 메인에 걸려 있었다. 사진 바로 아래, 기파 구출에 대한 글이 쓰여 있었다.

제목 오르카호 난파 – 의무실장 기파 구출

주최 기파복지재단

내용 소행성 충돌로 궤도를 이탈한 오르카호를 찾아내 의무실장 기파를 구출해 오는 자에게 사례금을 지급하기로 함.

주의 전염성 강한 미확인 바이러스로 승객 대다수가 사망한 것으로 추정됨.

기파의 의로운 행동이 지구에 알려지자, 사람들은 그의 행적을 추적했다. 그에 대한 정보가 쏟아져 나오기 시작했다. 기파는 그 이전에도 대중적으로 유명한 의사였다. 의학 채널 자문 인터뷰에 등장하기도 했고, 저술한 책도 많았으며, 그가 참여한 논문도 많았다. 또한 골드서클사가 운영하는 의료센터의 간판 의사 중 하나이기도 했다. 그 명성을 뒷받침이라도 하듯 의료센터 홍보영상에는 그가 집도한 수술의 성공사례가 흘러나오곤 했다.

그러다 몇 년 전, 그는 돌연 센터를 관두고 해외 봉사를 떠났다. 의료 서비스를 받기 어려운 지역에 사는 환자들을 돌보기 위해서였다. 그렇게 한동안 소식이 뜸하다 다시 들리길, 그가 난파된 우주선에서 사람들을 돌보고 있다는 것이었다.

처음엔 출판과 방송이었다. 그리고 얼마 되지 않아 발족한 단체가 '기파복지재단'이었다. 너무 빠르게 재단이 만들어진 게 아니냐는 지적도 있었지만 그 의견은 쉽게 묻혀버렸다. 이미 기파는 모두의 영웅이 돼 있었고, 그에 관해 알아가는 건 일종의 문화현상이나 다름없었다.

충담은 사례금 액수를 확인했다. 이 정도라면 기계 심장을 새것으로 교체하고, 조금만 더 빚을 내면 새로운 우주선도 장만할 수 있었다. 하지만 충담은 그 아래의 작은 글씨를 눈여겨보았다. 그가 기파복지재단의 공고를 눈여겨본 이유가 거기에 있었다.

사례금은 생체 심장 수술 1회로도 교환 가능합니다.

아직 그가 살아 있을까. 그는 교신기를 들고 재단에 메시지를 보냈다.

"우주택배업에 종사하는 충담입니다. 오르카호를 찾았습니다. 로봇이나 인간 조수는 따로 없이 저 혼자 들어갑니다. 기파 선생님을 구출해 지구로 모셔갈 계획입니다. 사례금 말고 생체 심장 수술을 원합니다."

그는 오르카호를 만든 회사인 골드서클사 페이지를 접속했다. 메인 페이지 위에 오르카호의 슬로건이 보였다.

인류 최고의 과학 시설을 즐기세요.

그리고 사람의 온기를 느끼세요.

완벽한 인간 승무원이 당신의 여행을 책임집니다.

그는 자료실에서 전체 단면도와 각 층의 지도, 대략적인 정보를 리더기에 다운로드했다.

3. 『기파 평전』, 미래출판사, 2071, pp. 25-30.

새로운 도전

39세의 의사 기파는 달의 적도 부근, 고요의 바다에 위치한 우주정거장 전망대에서 승선을 기다리고 있었다. 해외 봉사가 끝난 지 6개월 만의 새로운 행보였다.

조부모 때부터 어머니와 아버지 그리고 자신까지 3대가 의사인 집안에서 태어난 그는, 어렸을 때부터 조부모와 함께 살며 의사는 자만하지 않고 사람들을 돕는 데 앞장서야 한다는 말을 듣고 자랐다. 그 말에 따라 지구에서 열심히 의사 일을 하며 해외봉사까지 다녔던 그였지만, 마음 한쪽에선 점차 지구 밖으로 관심이 쏠리기 시작했다. 여기서 그치지 않고 더 큰 세계로 진출하고픈 마음이 그에게도 있었던 것이다. 그리하여 골드서클사에서 자신들이 야심 차게 준비한 지구 최초의 우주크루즈 '오르카호'의 의무실장을 맡아달라 부탁했을 때, 그는 마다하지 않았다.

사상 최초로 목성 인근까지 유람하는 코스를 밟는 이번 여행은 '우주크루즈'라는 새로운 개념이 출범하는 역사적인 항행이었다. 승객들은 오직 우주크루즈에서만 즐길 수 있는 휴양 서비스를 받았으며, 골드서클사가 자랑하는 연구 성과와 미출시된 신상품뿐만 아니라 연구개발 단계의 상품까지도 구경할 수 있었다. 기파가 오르카호에 오른 것도 바로 이 때문이었다. 그는 제 한 몸 편하게 하자고, 명예나 얻자고 의무실장직을 수락한 게 아니었다. 골드서클사의 최첨단 기술이 탑재된 의료기기들이라면, 지구에서보다 훨씬 효과적으로 불치병을 연구할 수 있었다. 그는 우주에서도 오로지 환자들 생각뿐이었다.

투명한 재질로 만들어진 달 우주정거장에 들어서자 그는 저 멀리 지구가 떠오르는 모습을 볼 수 있었다. 비로소 지구에서 떠나왔다는 것이 실감 나기 시작했다. 탑승객들은 삼삼오오 모여서 이야기를 나누고 있었다. 환하게 웃는 사람들의 표정에서 즐거움과 기대감이 느껴졌다.

기파는 양가죽으로 된 커다란 왕진 가방을 한쪽 어깨에 메고 있었다. 수하물로 부쳐도 됐지만 그는 굳이 따로 챙겼다. 왕진 가방을 가지고 다니는 건 그의 오래된 버릇으로, 양가죽을 손에 쥐고 있다 보면 마음이 편안해졌다. 긴장되지 않는다고 하면 거짓말이었다. 그도 열악한 곳에서 일한 경험이 꽤 있었지만 우주는 처음이었다. 항행하는 동안 얼마나 많은 사고가 있을지 그도 헤아리기 힘들었다.

그는 고개를 들고 천장에 달린 큰 스크린을 보았다. 고래 형상의 오르카호가 그 모습을 드러냈다. 칠흑같이 어두운 우주를 항행하는 흰고래였다. 그다음에는 달과 화성, 소행성대, 목성이 그려졌다. 특히 목성이 나오는 화면 한쪽에는 대적반이 클로즈업되었다.

그가 화면에 완전히 매료되었을 때, 옆에서 인기척이 느껴졌다. 2명의 수행원을 대동하고 온 골드서클사 사장이었다. 그는 이 크루즈를 제작하는 것이 자신의 소년 시절 꿈이라고 말하며, 승객들의 건강과 안전을 잘 부탁한다고 했다. 사장과 기파는 악수를 나눴다.

오르카호는 기항지가 없는 크루즈였기 때문에, 항행 도중에는 이동 수단이라기보다 도시라는 표현이 정확했다. 2년은 짧은 시간이 아니었다. 항행 기간 동안 타박상이나 찰과상을 입는 것은 물론이고, 지병이 재발하거나 새로운 병에 걸릴 수도, 공황 상태나 우울증, 자살 충동도 겪을 수 있다. 하지만 승객들의 안전을 위해 의무실 직원을 포함해서 온 승무원들은 이론 수업과 시뮬레이션 교육을 철저히 이수했다. 기파는 만반의 준비를 마친 상태이기에 도전해볼 만하다고 생각했다.

사장이 떠난 후, 다시 지구를 바라보고 있던 기파의 어깨를 누군가가 두드렸다. 이언이었다. 그는 기파와 함께할 보조 외과의로, 대학 동문인 선후배 사이였다. 그는 절친한 선배인 기파가 이곳으로 온다는 소식을 듣자, 함께하기 위해 자신의 개인병원도 휴업하고 이곳으로 날아왔다. 기파는 빙긋 웃으며 이언을 잡아끌었다.

"여기 와서 봐. 앞으로 2년 동안은 못 볼 텐데 지금 충분히 봐 놔야지."

4. 승선

오르카호에 가까워질수록 충담의 고개가 저절로 젖혀졌다. 가까이 갈수록 사고의 참상이 자세히 보였다. 떨어져 나간 지느러미와 꼬리 말고도, 크고 작은 외벽의 잔해와 부품들이 그 주위를 떠다니고 있었다. 사건 당시의 참담함이 그대로 전해져 왔다.

광고 영상에서도 수없이 보았고, 얼마나 거대한지도 소문으로 들어서 알고 있었건만 실제로 목격하니 느낌이 달랐다.

선체 크기만으로도 압도당하는 느낌이 들었다. 충담의 시야에 우주선의 흰 외벽만이 들어올 무렵, 승선 요청 신호를 보내자 곧 답신이 돌아왔다.

자동 승선 프로그램 정상 작동 중…

오르카에 오신 것을 환영합니다.

고래 옆구리에 해당하는 부분에서 문이 열렸다. 충담은 그곳으로 우주선을 몰았다.

비행기 활주로 같은 긴 공간이 나타났다. 승선장이었다. 우주선이 요란한 소음을 내며 착지했음에도 소음이 공단을 다 채우지 못할 정도로 넓은 공간이었다. 그는 우주선에서 내리지 않은 채로 전조등을 켰다.

충담은 조종간 핸들을 꽉 쥐며 마음속으로 되뇌었다. 기파 선생님을 모시고 나와, 우주선을 타고 지구로 간다. 이게 끝이야. 마음이 조급했으나 내리기 전에 이곳에 바이러스가 퍼졌다는 이야기를 다시금 떠올렸다. 그는 조종석 뒤의 트렁크를 뒤적여 목 아래부터 발끝까지 몸을 감싸는 흰색 안전복과 헬멧을 꺼내 착용했다. 중개인이 우주선을 양도할 때 넣어주었던 것인데, 진짜 착용할 상황이 올 거라고는 생각지도 못했다.

조종석 창 구석에서 디지털 숫자가 깜빡였다. 오르카호의 내부 온도는 섭씨 14도라고 했다. 큰 배낭에 담요와 비상식량, 손전등을 챙겼다. 무슨 일이 있을지도 모르기에 호신용으로 가지고 있었던 접이식 칼, 그리고 리더기도 잊지 않았다. 채비를 마친 후, 교신기 주파수는 기파복지재단에 맞췄다.

그는 손전등을 켜지 않고, 우주선 전조등에 의지해서 문까지 걸었다. 긴장감 때문인지 아니면 서늘한 기온 때문인지 피부에 소름이 돋았다. 숨쉬기가 힘들었고, 입김 때문에 헬멧 바이저가 부옇게 보였다. 발소리가 승선장 전체를 울렸다.

벽면 버튼을 누르니 건물 셔터가 열리듯 아래서부터 위로 천천히 문이 열렸다. 전조등 불빛은 문 너머까지 환히 밝혀주지 못했다. 그는 어둠에 적응하기 위해서 깜깜한 문 너머를 응시했다. 거대한 선체가 좌우로 천천히 흔들거렸다. 오르카호는 완전히 멈춰 있지 않았다.

충담은 난장판이 된 내부를 상상했다. 고급 카펫 위에 검붉은 피가 엉겨 붙은 손톱과 손가락들이 널브러져 있을 것이다. 그리고 손목, 팔뚝, 어깨, 목덜미, 얼굴, 몸통 따위가 차례대로 보일 것이다. 피에 젖은 머리칼 뭉치가 아무렇게나 헝클어져 있을 것이다. 그것은 눈을 뜨고 죽어 있는 젊은이의 시체일 것이다. 조금 더 걸어가면 바닥이 보이지 않을 정도로 시체들이 즐비할 것이다.

손전등으로 내부를 봤지만 예상과 달리 말끔했다. 마치 그가 오르카호의 첫 승선자가 아닐까 하는 기분마저 들었다. 시체는 커녕 카펫에는 먼지 하나 없었다.

그는 두리번거리며 사고 처리 로봇을 찾았다. 8개의 강철 다리 위에 사각형 모니터가 달린 그것은 어린아이 정도 크기에 거미 비슷한 형상이었다. 그것은 사고 현장 주변을 돌아다니며 증거품을 수집하고 사건의 단서를 찾아 측정한 후 계산했다.

그의 가족이 탄 택시가 해안 도로에서 교통사고를 당했을 때도 그것은 어김없이 모습을 드러냈다. 바다로 추락한 택시는 안에 사람이 있었다는 게 믿겨지지 않을 만큼 완전히 구겨져버렸다. 아내와 연이가 뒷좌석에서 머리에 피를 흘린 채 쓰러져 있었다. 그는 간신히 정신을 차렸지만 오른발이 잔해 속에 끼어 조금도 움직일 수 없었다. 가족이 죽어가는 모습을 그저 지켜볼 수밖에 없었던 그가 좌절하고 있을 때, 차 안으로 무언가 불쑥 비집고 들어왔다. 사고 처리 로봇이었다.

충담은 정신을 가다듬었다. 이곳은 지구가 아니었다. 대량생산된 싸구려 로봇이 이곳에 있을 리 없었다.

'완벽한 인간 승무원이 서비스를 책임집니다'. 이것이 오르카호의 슬로건이었다. 오르카호는 선내에 로봇이 없다고 선전했었다. 모든 시스템은 내장형이고, 인간 승무원이 승객을 위해서 서비스한다고 홍보했다.

편리함을 위해 로봇은 대량생산되었으며 길거리에는 다양한 형태의 로봇들로 넘쳐났다. 가정은 물론이고 병원이나 슈퍼마켓, 학교, 경찰서, 건축 현장, 재난 현장, 심지어는 전쟁에서도 인간이 해야 하는 일을 대신했다. 하지만 부자들은 로봇의 시중을 받으려 하지 않았다. 그들은 좀 더 비용을 들여 시중들 사람을 고용했다.

충담의 아내는 도시 근교 저택에서 가정부로 일했다. 그녀는 이른 아침에 출근해서 저택의 청소와 요리를 온종일 해내고 밤늦게 돌아왔다. 충담은 퇴근한 그녀에게 물은 적이 있다.

"로봇 좀 쓰라고 해. 어떻게 쉬는 시간도 안 주고 일을 시켜?"

아내는 머리끈을 풀며 이야기했다.

"글쎄, 그편이 더 우월하다고 생각하는 모양이야."

"뭐가 우월하다는 거지?"

"나는 로봇에게 시중받지 않는다, 같은 인간에게 시중을 받고 있다. 그렇게 말하고 싶은 거겠지. 오늘 집주인이 자기 집에 10명을 고용했다면서 7명을 고용하는 집주인에게 으스대던데. 젊고, 아름답고, 사이보그가 아닌 순수한 인간을 보유하고 있다나. 로봇을 많이 가지고 있다는 건 자랑거리도 안 되나 봐. 보통 사람들하고는 비교도 안 될 만큼 많은 로봇을 보유하고 있지만 정작 자기 곁에는 두고 싶지 않은 모양이지."

충담은 혀를 찼다. 그녀가 어깨를 으쓱하며 말을 이었다.

"뭐, 그런 허영심 덕분에 일자리를 잃지 않고 있는 거니까."

사고는 견학 차 골드서클 공원에 가던 날에 일어났다. 우주선

조종사가 꿈인 연이의 여름방학 숙제를 위해 충담의 가족은 우주셔틀 발사대를 구경하러 갔었다. 그날 오르카호 홍보 기념관에서 크루즈 광고 영상을 끝까지 보지 않았더라면, 레스토랑에서 조금만 더 빨리 식사를 마치고 출발했더라면, 그래서 우주셔틀 발사대로 가는 버스를 놓치지 않았으면 어땠을까? 로봇이 아닌 인간이 운전하는 택시를 탔더라면? 그들은 언덕에 무사히 도착하여 우주셔틀이 떠나는 모습을 보았을 것이다. 충담의 아내는 살아 있었을 거고, 그도 한쪽 다리를 잃지 않았을 테고, 연이도 심장을 다치지 않았을 터였다. 학교에서 부당하게 권고사직을 당하지 않았을 테고, 우주로 나가지도 않았으리라.

충담은 지도를 실행했다. 지도에 따르면 이곳은 1층이며 승선장과 연결된 복도이고, 복도 끝에는 중앙 로비가 있다고 했다. 복도 양옆에 문들은 전부 잠겨 있었다. 왼쪽 복도에 문 하나가 열려 있었기에 그는 그 안으로 들어갔다.

어두운 방 안에는 새 캔버스와 벨벳 좌판이 달린 의자 하나가 놓여 있었다. 한쪽 벽면에는 왼쪽 끝에서 오른쪽 끝까지 짙은 녹색 커튼이 쳐져 있었다. 그는 침을 삼키고 커튼을 걷었다. 커튼 위쪽에서 고리가 서로 부딪히며 요란한 소리를 냈다. 먹빛 우주가 보였다.

벽에는 어림잡아 20개가량의 고풍스러운 액자가 걸려 있었다. 붓 터치가 살아 있는 인물화였다. 그림은 전부 창밖 우주공간을 등지고 선 가족들의 모습을 담고 있었으며, 꼭 1명은 벨벳 의자에 앉아 있었다. 옛 귀족 가족의 초상화처럼 보였다.

액자 하나가 떨어져 있었다. 충담은 몸을 숙여 그림을 보았다. 환하게 웃고 있는 부모와 어린 소녀가 그려져 있었다. 충담 가족과 나이대가 비슷해 보이는 가족이었다.

그때, 멀리서 발소리가 들렸다. 충담은 복도로 나가 손전등을 비추었다. 아무도 없었다. 언제 발소리가 들렸느냐는 듯 주변은 조용했다.

그는 다시 방 안으로 들어왔다. 액자를 벽에 걸어야겠다고 생각했는데 그림이 제자리에 없었다. 손전등을 들어 바닥을 훑어보았지만 흔적조차 없었다.

순간 작은 파도 소리가 들려왔다. 충담은 귀를 기울였다. 파도 소리가 아니었다. 작은 금속 조각들이 가볍게 부딪히는 소리였다. 소리가 난 쪽으로 재빠르게 빛을 비춘 충담은 놀라서 움직이지 못했다. 그곳에는 수은 알갱이처럼 생긴 은색 입자들이 수천, 수만 개가 모여 은빛 파도를 만들고 있었다. 입자들은 불빛을 싫어하는지 어두운 곳으로 몰려다녔다. 넘실거리는 은빛 파도 위로 액자가 떠내려가는 것이 보였다. 파도는 액자를 벽까지

가지고 가서 다른 액자 옆에 부착해놓았다.

은색 입자 몇 개가 자신의 허벅지에도 달라붙어 있음을 깨달은 충담은 옷자락을 잡고 몇 번을 털었다. 바이러스 감염 매개체일지도 몰랐다. 입자 한 개가 끝까지 떨어지지 않았다. 그는 내키지 않았지만 손가락으로 집어서 떼어내 버렸다. 그것은 쌀알보다 훨씬 작았고 연질캡슐처럼 말랑거렸다. 파도가 휩쓸고 간 바닥은 먼지 하나 없이 깨끗했다. 입자들은 한참 동안 떼를 지어 방을 돌아다니더니 이내 사라졌다.

충담은 다시 복도로 나왔다. 손전등 불빛 끝에 홀 입구가 보였다. 입구 부근에 작동하지 않은 키오스크 3대가 서 있었다. 갑자기 왼편에서 눈이 부실 정도로 강한 빛이 흘러나왔다. 키오스크 1대가 움직임을 감지하고 자동으로 켜진 것이었다. 전력이 불안정하게나마 공급되는 모양이었다. 흰빛을 쏟아내는 화면 중앙에 글자가 나타났다.

미확인 승객/승무원입니다. 카드를 대주세요.

충담이 가만히 있자, 문장이 사라지더니 '인증 실패'라는 빨간색 글자가 깜빡거렸다. 잠시 후 은색 고래 로고가 나타났다가 사라지고 문장이 다시 새겨졌다.

안녕하세요, 손님. 오르카호 승선을 환영합니다.

사용하실 메뉴를 선택해주세요.

안내 목소리는 지지직거리는 잡음과 섞여 똑똑히 들리지 않
았다. 신원이 확인되지 않아서인지 충담이 선택할 수 있는 메
뉴는 승무원 조회와 층 안내뿐이었다. 개인 페이지 메뉴는 활
성화되지 않았다. 충담은 승무원 조회를 눌러 기파에 관해 검
색했다.

잠시 기다려주십시오…

로딩 시간 동안 배너 광고가 이어졌다. 〈구스타프 홀스트의
행성 교향곡 음악회〉 : 지구의 아름다움을 우주 한복판에서 느
껴보세요, 〈인간이 아닌 승무원을 찾아라〉 : 우리 모두 탐정이
되어봅시다, 〈3D 프린터 행성 모형 만들기 체험 교실〉, 〈우주에
서 즐기는 스파숍〉 등등.

로딩이 끝나고 기파에 대한 정보가 나왔다. 정보는 빈약했다.
공개 프로필인데도, 상세 정보는 활성화되지 않았다. 조회할 수
있는 것은 사진과 직책이 전부였다.

원형 로비는 300명이 한꺼번에 춤을 추더라도 충분할 정도

로 넓었다. 위쪽엔 각 층의 난간이 보였다. 현재 층을 지상 1층으로 봤을 때, 2층, 3층, 4층에 서서 내려다보면 지상 1층 로비를 조망할 수 있게끔 설계돼 있었다. 천장 한가운데에는 투명한 돔형 창이 달려 있었고, 돔 주변에는 크리스털과 금속 장식을 단 샹들리에 두 채가 아슬아슬하게 달려 있었다. 그는 로비 가장자리에 있는 공간을 확인했다. 여행사 사무실이 입점해 있었고, 벽에는 푸른 들판을 배경으로 '새 출발! 새로운 모험을 떠나보세요. 골드서클사가 우리의 고향, 아름다운 지구의 여정 또한 책임집니다' 따위 전단이 붙어 있었다. 1등급 객실 손님은 30퍼센트, 2등급 객실 손님은 20퍼센트, 3등급 객실 손님은 5퍼센트의 할인 혜택이 주어진다고 쓰여 있었다.

여행사 사무실에서 몇 걸음 떨어진 곳에 '가상 체험 영상체험관' 안내판이 있었다. 이번 주 테마는 '지구의 자연'이었다. 통상 예약제로 운영되지만 1등급 객실 손님은 언제든지 이용 가능하다고 했다.

영상체험관 문은 열려 있었다. 등받이가 침대 수준으로 젖혀져 있는 의자가 방 중앙에 놓여 있었다. 전선 다발이 입구에서부터 덩굴처럼 얽혀 있어 안으로 들어가기 어려웠다. 그는 혹시나 해 다발을 헤치며 안을 살펴보았다. 체험관 바닥 아래로 통하는 문이 열려 있었다. 안쪽에는 철제 사다리와 캐비닛, 전자

기기들이 있었다. 사람의 흔적도, 시체도 없었다.

가상 체험은 영화 관람하고는 비교도 안 될 정도로 비쌌다. 거기에 체험 시간까지 짧았지만 선풍적인 인기를 끌었다. 다른 매체가 따라올 수 없을 정도로 사실감이 높았으며, 그만큼 몰입도가 뛰어났기 때문이었다.

충담이 알고 있는 가상 체험은 이러했다. 사용자는 돈을 지불하고 긴 의자에 편안하게 눕는다. 태블릿 PC로 어떤 공간과 상황을 겪고 싶은지 상세히 입력한다. 영상기사가 주문 정보를 조합하여 여행 루트를 구성한다. 가격대가 저렴한 체험 프로그램은 모든 사용자가 같은 공간을 체험하는 식으로 진행되었다. 첫 사용자들을 대상으로 한 미끼상품이었다. 칩이 심어진 동그란 스티커를 목 뒤에 붙이고 의자에 누우면, 마치 최면에 걸린 듯 영상기사가 만든 세상에 들어가, 걷고, 냄새 맡고, 만지고, 볼 수 있었다. 과거의 좋았던 순간을 재현하거나 가볼 수 없는 미지의 공간을 체험할 수도 있었다. 추가 비용만 지불한다면, 평면이나 입체영상으로 녹화하는 서비스도 이용 가능했다. 영상기사는 관람객이 원하는 감각을 빠르게 파악하여 프로그래밍해야 했다. 모든 감각을 동원해 사실적인 장면을 선사하기 위해서는 노련한 영상기사의 실력이 필요했다. 충담도 딱 한 번 연이와 함께 체험 프로그램을 경험해본 적이 있었다. 근무하던 학교와 인접한 시내에 있던 작은 가상 체험관에서였다.

그는 로비 중앙으로 갔다. 위층과 현재 층을 연결하고 있는 계단의 금색 난간이 손전등 빛에 번쩍였다. 계단참 한가운데에 박물관 특별 전시실의 유물 받침대처럼 고풍스럽게 생긴 제단이 있었다. 제단 위에 사각형 유리 덮개가 있었으나, 지금은 완전히 깨져 과거의 형체만 짐작해볼 수 있을 뿐이었다. 안쪽의 물건은 사라지고 없었다.

갑자기 적막을 뚫고 노랫소리가 들렸다. 발음도 정확지 않았고, 작게 흥얼거리는 소리였다.

고향 땅에서는 모두 나를 기다리네

구름 위에 떠가는 달이

맑은 모래 일렁이는 물이

내 소식 전해주리

인물화가 있던 방에서 인기척을 느꼈던 건 착각이 아니었다.

5. 불청객

홍얼거림이 멈추었다. 충담은 주위를 둘러보았지만 노래의 근원지가 어딘지 전혀 감이 잡히지 않았다. 그가 손나발을 만들어 외쳤다.

"누구 계십니까?"

안전복에 소리 절반이 묻혔어도 충분히 큰 소리였다. 하지만 아무 대답도 없었다. 그가 복도 쪽으로 손전등 빛을 비추는데, 선체가 한쪽으로 급속히 기울어지다가 이내 멈추었다. 그가 안도의 한숨을 내쉬었을 때, 위쪽에서 날카로운 파열음이 들렸다. 아슬하게 달려 있던 샹들리에가 추락하고 있었다. 샹들리에의 금속 프레임이 그대로 어깨를 강타했고, 예상치 못한 충격에 그는 바닥에 쓰러졌다. 무슨 상황이 일어난 것인지 파악할 틈도 없이, 이어서 두 번째 금속 프레임이 머리를 내리쳤다. 몸이 점점 더 무거워지고, 정신은 깊은 물속으로 자꾸만 잠기는 듯하더니, 기어코 의식을 잃고 말았다.

맨 먼저 느껴진 감촉은 충담의 손을 꽉 그러쥔 아이의 부드럽고 작은 손이었다. 그는 눈이 부셔 얼굴을 찡그리며 주위를 둘러보았다. 병원 복도 의자에 충담과 연이가 나란히 앉아 있었다. 아이의 기계 심장 검진 날이다. 그는 이 검진을 위해서 잠시 일을 접고 지구에 와 있었다. 연이는 말없이 텔레비전을 응시했다. 화면을 지켜보는 아이의 뺨이 창백했다. 화면 하단에는 '궤도 이탈된 오르카호, 기적적으로 교신 성공'이라는 자막이 흘러나왔다. 아나운서는 화성을 지난 후 행방불명된 오르카호가 지구로 메시지를 보내왔다고 말했다. 메시지엔 한 여자의 떨리는 목소리가 담겨 있었다.

"저는 교신 담당 승무원입니다. 교신 기계도 작동만 겨우 되는 상태입니다. 언제 또 고장 날지 모릅니다. 예상치 못한 소행성 충돌 사고가 있었어요… 지금도 여진처럼 충돌이 계속 일어나고 있습니다. 사고 직후 많은 승객이 죽었습니다. 그나마 살아남은 승객들은 이상한 병에 걸리고 말았습니다. 처음엔 눈이 멀고, 그다음엔 얼굴에 초록빛이 감돌면서 감각을 하나씩 잃다가 혼수상태에 빠져 죽게 되는 병이었죠. 저 또한 병에 걸려 눈이 보이지 않아요. 귀도 곧 들리지 않게 될 겁니다. 다행히도 기파라는 의사가 우리를 돕고 있습니다. 생존자 중 의사는 기파 선생님뿐인 것 같아요. 이 교신도 그의 도움이 없이는 시도하지 못했을 겁니다. 선생님께선 승객들을 치료해주시는 중이고…"

교신은 거기서 끊겨버렸다. 2분도 채 안 되는 메시지였지만 충담은 승무원의 떨리는 목소리에서 사태의 심각성을 읽었다. 부의 상징과도 같던 오르카호가 난파된 것도 모자라 전염병까지 퍼지더니, 최악의 사태로 치닫고 있었다. 그러나 한편으로 그녀가 얼마나 기파라는 의사를 의지하고 있는지 알 수 있었다.

충담의 생각을 읽기라도 하듯 곧이어 자료화면으로 기파의 사진이 제시되었고, 바로 다음엔 정글에서 사람들을 진료했던 그의 모습이 영상으로 나왔다.

아나운서는 교신 발신지를 추적할 수 있을 거라고, 우주에서 이 방송을 보고 있는 민간 우주선들도 오르카호 승객들을 구출하는 데 관심을 기울여야 할 때라고 말했다. 한참 말이 없던 연이가 물었다.

"우리 우주선으로는 못 찾아?"

"글쎄."

"저 사람들은 어떻게 돼?"

"우리 우주선보다 좋은 우주선들이 많이 있으니까. 사람들이 저 사람들을 구할 거야."

복도 문을 열고 간호사가 충담을 불렀다. 그는 연이에게 잠시 앉아 있으라고 말하고 진료실로 들어갔다. 의사는 심각한 표정으로 책상 전면에 펼쳐진 액정을 보고 있었다.

"저희 측에서도 할 수 있는 일이 없습니다. 따님의 기계 심장은 수명 연장 한계치에 다다랐어요. 이제 새로운 기계 심장으로 교체하는 수밖에 없습니다. 제일 좋은 건 생체 심장인데, 그건 워낙 비용이 많이 들어가니까요."

충담은 진료실을 나왔다. 무슨 일이라도 해야 한다는 생각에 마음이 조급했다. 그는 연이와 앉아 있었던 의자 쪽을 바라보았다. 의자는 텅 비어 있었다. 환자로 그득한 복도를 돌아다녀봤지만 연이 또래의 소녀조차 보이지 않았다.

"연아!"

주변 사람들이 그를 쳐다보기도 하련만 어째서인지 누구도 반응하지 않았다.

"도와주세요. 애가 없어졌어요."

사람들은 유유히 지나가고, 의사나 간호사도 마찬가지였다. 누군가 뒤에서 충담의 어깨를 잡았다. 진료실 의사였다. 의사는 비웃으며 말했다.

"딸을 찾습니까? 어쩌나. 당신이 없애버리지 않았습니까? 당신에게 돈이 있었다면 사라지지 않았겠죠. 연이는 여기 없는 게 당연합니다. 무능한 아버지를 두었으니까요. 이런, 당신 얼굴이 온통 초록빛이잖아!"

사람들이 일제히 충담을 보고 히죽히죽 웃었다. 그는 반박하고 싶었지만 목소리가 나오지 않았다. 복도 전체가 출렁이고 문들이 열렸다 닫히기를 반복했다. 눈을 떠보니, 오르카호 로비였다. 정신을 잃고 꿈을 꾼 듯했다. 호흡이 한결 쉬웠고, 시야도 부옇지 않았다. 손으로 얼굴을 더듬었다. 땀범벅인 맨살이 느껴졌다. 배낭과 손전등, 부서진 헬멧 잔해와 깨진 샹들리에가 한쪽에 치워져 있었다. 숨이 턱 막혔다. 얼마나 선내 공기에 노출되었던 것인지 가늠도 되지 않았다. 안전복은 유리 파편에 찢겨져 있었다. 몸을 일으키려 하자 어깨에 통증이 느껴졌다. 어깨는 붕대로 단단히 감겨 있는데 옷이 그대로 입혀져 있는 것으로 보아, 누군가 치료한 다음에 다시 옷을 입힌 듯했다. 옆에 종이가 하나 접혀 있었다. 펜으로 쓴 메모와 각각 모양이 다른 알약 2개가 있었다.

헬멧과 안전복은 더는 사용하기 어렵습니다. 호흡기를 통한 바이러스 감염 위험은 없으니, 그 점은 안심하셔도 좋습니다.

영양실조 소견이 보입니다. 영양제를 처방해드립니다.

이 말을 믿어도 되는 걸까. 걱정하지 말라는 듯, 선내에는 은은한 인공 장미향이 감돌았다. 이 글을 쓴 사람이 기파일까? 그렇다면 죽지 않고 살아 있던 셈이니 천만다행이었다. 여기까지 온 것이 헛되지 않았다는 생각이 들자 기운이 났다.

그는 자리에서 일어났다. 헬멧은 쓸 수도 없을 만큼 박살나버렸기에 버릴 수밖에 없었다. 안전복도 마찬가지였다. 그는 안전복을 벗고 채비를 갖추었다. 메모 내용을 믿기 어려웠지만 달리 방법이 없었다.

배에서 꼬르륵 소리가 났다. 기파가 살아 있다면, 생존에 필요한 시설 가까이에 있을 것이다. 그는 지도로 식료품 저장고를 확인했다. 저장고는 로비와 연결된 레스토랑 안에 있었다. 종이와 알약 2개를 윗옷 주머니에 넣고 배낭을 멨다.

양손으로 힘껏 당겨야 열리는 레스토랑 문은 그을음으로 새까매져 있었다. 세계 각국의 전통 문양으로 각인된 간판들을 스쳐 지나가며 충담은 기파의 이름을 외쳤다. 레스토랑 한쪽 벽면을 차지하는 거대한 창은 제 형상을 유지하고 있었지만 고열에 녹아내린 흔적이 남아 있었다. 그 창을 따라 반쯤 탄 식탁보가 테이블을 덮고 있었다.

충담은 주방으로 갔다. 벽이 온통 까맸고, 주방용품은 작업 테이블에 눌어붙어 떼어지지도 않았다. 한쪽에 인덕션이 있었고, 다른 한쪽에는 접시 거치대가 있었을 거라는 추측만 할 수 있었다. 장미 향 뒤에 연기 냄새가 희미하게 느껴졌다.

주방과 연결된 식료품 저장고로 발걸음을 옮겼다. 흐릿한 푸른색 형광등 불빛이 깜박거렸다. 양쪽에 일렬로 늘어선 냉동고들은 손전등 불빛이 비치는 곳까지만 헤아려도 족히 100개는 넘어 보였다. 냉동고로 만들어진 거대한 미로를 따라 충담은 방의 제일 가장자리로 갔다. 그는 냉동고 하나를 골라잡아 열어보았다. 그 안은 미지근했고 썩은 고기 냄새가 진동했다. 한때 고기였을 형체가 바닥에 늘어져 있었다. 그가 문을 닫고 코를 움켜잡는 차에, 금속 막대로 바닥을 긁는 소리가 들렸다. 찰나였지만 그는 그 소리를 놓치지 않았다. 누군가 여기 있었다. 기파 선생님일까? 그는 소리가 난 곳으로 달려갔다. 만약 그가 아니라면? 그럼 누구지? 그는 칼을 꽉 쥐었다. 숨소리를 낮추며 주변을 살폈다.

시야에 들어온 것은 10대 후반이나 20대 초반 정도로 보이는 여자였다. 그녀는 터무니없이 큰 갈색 코트를 입고 있었으며 한 손에 긴 금속 막대를 들고 있었다. 충담보다 훨씬 체구가 작았다. 긴 머리는 빗지 않아 아무렇게나 헝클어져 있었고 앞머리에 가려진 오른쪽 눈은 원통 모양의 확대경을 그대로 박아놓은 듯했다. 기계 의안이었다.

멀리서도 술 냄새가 풍겼다. 코트 주머니에 코르크 마개가 달린 술병이 보였다. 그녀의 두 눈은 충담을 경계하고 있었다.

6. 『기파 평전』, 미래출판사, 2071, pp. 33 – 40.

오르카호, 출발하다

오르카호 승객들은 창가 자리를 차지하고 있었다. 카운트다운이 시작되었다. 모두의 얼굴에 환희가 피어올랐다. 수백 명이 함께 우주여행을 시작하는 것은 처음이었다.

마침내 오르카호가 움직이기 시작했다. 강한 폭발음이나 진동은 없었다. 오르카호는 생김새답게, 우주라는 바다로 고래처럼 헤엄쳐 들어갔다. 원래 살던 곳으로 돌아가듯, 조용하고 우아하게 움직였다.

로비 중앙 전자 안내판들이 시시각각 높아지는 속도를 알려줬다. 승객들은 벌린 입을 다물지 못했다. 앞으로 나아가고 있는지도 느끼지 못할 정도로 소음도 진동도 없었다. 잠시 후, 선내에 달린 스피커로 승무원의 목소리가 들렸다.

"오르카호는 방금 달 우주정거장을 성공적으로 출발했습니다. 730일간의 우주여행에 첫발을 내디뎠습니다."

승객들은 손뼉을 치고 환호성을 질렀다. 이번 우주여행은 달의 우주정거장에서 출발하여 화성을 지나쳐 목성을 맨눈으로 볼 수 있을 정도까지 접근했다가 다시 달로 귀환하게 되는 여정이었다. 승객들이 목성을 보게 되는 시기는 대적반과 갈릴레이 위성들을 한눈에 볼 수 있는 때였다.

여유로움 속 치열한 현장

선내 스피커로 오르카호에 대한 소개가 이어졌다. 그 소리는 승객들이 모여 있는 장소뿐 아니라 객실과 텅 빈 복도에서도, 선장과 항해사가 자동항법 시스템을 보며 촉각을 곤두세우고 있는 조종실에서도, 승무원들이 뛰어다니는 기계실에서도, 만찬을 준비하는 주방에서도, 그리고 기파가 있는 의무실에서도 들렸다. 승객들이 일제히 하던 행동을 멈추고 방송에 귀를 기울였지만, 직원들은 무심하게 하던 일을 계속했다. 승객들에겐 여유롭고 환상적인 선상 생활의 시작일지 몰라도, 직원들에겐 전쟁 같은 일터의 연장일 뿐이었다.

의무실은 지상 2층 후미에 자리 잡고 있었다. 20명의 의사와 25명의 간호사, 그리고 치료사들이 일할 곳이었다. 자재문으로 들어서면 큰 대기실이 있었고 과마다 하나씩 진료실이 있었다. 죽음이 임박한 승객들을 위하여 시체 안치실과 작은 화장터, 장례식장도 있었다.

오르카호 의료시스템은 잠재적인 환자들을 미리 찾아내서 예방하는 방식이었다. 객실 침대를 비롯한 생활 기기에 부착된 센서를 통해 의무실에 신체 정보가 전달되면, 의사들은 이를 분석하여 직접 방문하여 진료했다. 긴급 상황이거나 왕진이 여의치 않을 때는 직접 검사실이나 수술실로 환자를 이송했다. 의무실에는 이식수술이 가능한 3D 프린터 등 지구 최고의 장비가 설치돼 있었다.

그렇지만 이곳에서도 죽음은 찾아왔다. 석 달 만에 한 사람이 시체 안치소로 들어왔다. 심장마비로 쓰러진 노신사였다. 그는 생전의 유언대로 화장돼 우주공간에 뿌려졌다.

승선 생활과 '그날'에 대하여

의무실 진료 시간이 끝나면 매일 마감 회의가 열렸다. 각 과에서 받은 환자들에 대한 보고였다. 회의가 끝나면 의무실 직원들은 삼삼오오 모여 레스토랑을 가거나, 스트레스를 풀기 위해 수영장이나 피트니스 센터로 갔다. 때로는 저녁 이벤트가 있으면 구경하러 가기도 했다.

기파는 동료들과 잘 지냈고, 신망이 두터웠다. 그의 곁에는 늘 사람들이 있었는데, 그들 중 제일 절친한 동료는 단연 이언이었다. 같은 공간에서 오랜 시간 붙어 있다 보면 갈등이 생길 법도 한데, 그들은 언제나 화목하게 지냈다.

승선 186일째였다. 당직 근무를 맡은 기파는 중앙 난간에 서서 로비를 내려다보며 생각에 잠겨 있었다. 태양 역할을 하는 인공조명이 어두워질 무렵이었다. 오르카호만의 석양이었다. 그때 누군가 기파의 등을 쳤다. 이언이 양손에 머그컵을 들고 있었다.

그들은 나란히 서서 차를 마셨다. 조명이 완전히 어두워졌다. 크루즈의 밤이었다. 이것이 신호이기라도 한 듯 로비 근처 공연장 조명이 노랗게 밝혀졌고, 오케스트라가 연주를 시작했다. 홀스트의 행성 교향곡 중 〈화성〉이었다. 어릴 적부터 음악에 조예가 깊었던 그는 제목을 바로 알아차렸다. 그들은 연주에 방해가 될세라 소리를 낮추어 근무시간에 하지 못한 개인적인 이야기를 주고받았다. 학창 시절에 있었던 일이라든가, 손님에게 호의를 느꼈던 상황, 지구로 돌아가면 할 계획 그리고 만나고 싶은 사람들에 관해서였다.

휴식 시간이 거의 끝나갈 무렵, 이언은 이제 가서 쉬어야겠다며 기파에게 영양제가 든 작은 약통을 그에게 주었다. 그는 손을 흔들며 8시간 후에 보자고 외쳤다. 여느 때와 같이 그날도 평온하게 지나가는 듯싶었다. 하지만 그 예상은 빗나갔다.

이언이 떠나자마자 큰 진동이 느껴졌다. 그 진동은 바닥에서 시작해 벽을 타고 천장까지 울려 퍼졌다. 머릿속까지 흔들리는 느낌이었다. 미끄러지듯이 우주를 유영하는 오르카호에겐 어울리지 않는 불안한 흔들림이었다. 난간에 기대어 있던 승객 1명이 중심을 잃고 로비로 떨어지려 했다. 기파가 잡으려고 했지만 한발 늦었다. 머리부터 떨어진 승객은 미동조차 없었다.

기파는 객실이 시작되는 복도 쪽으로 대피했다. 키오스크들이 일제히 붉은 글자를 뿜어댔다. 소행성 충돌로 궤도 이탈이 우려된다는 방송이 나왔다. 승객들은 지정된 비상탈출장소로 집합하라고 했다.

선체가 크게 기울어졌다. 승객들이 소리를 지르며 객실에서, 휴게실에서 미끄러져 나왔다. 복도는 도망치려는 사람들로 아수라장이 돼 들어갈 수도, 나갈 수도 없었다. 다른 층 상황도 크게 다르지 않았다.

객실 입구 복도 한쪽을 장식하고 있던 마호가니 장식장들이 앞으로 엎어졌다. 벽에 걸려 있던 초고가의 액자들도 모조리 쏟아졌다.

　이전의 것과는 비교되지 않는 흔들림이 느껴졌다. 사람들이 창을 바라보며 소리를 질렀다. 오르카호의 왼쪽 지느러미에 소행성이 정통으로 충돌했다. 기파는 어찌 된 일인지 파악하려 애쓰며 조타실로 향했다. 복도 조명이 불안하게 깜빡이다 꺼졌다.

7. 아누타

"승객인가?"

충담이 칼을 겨누며 물었다. 몸을 잘게 떨던 여자는 금속 막대를 내려놓고 두 손을 들어 올렸다. 그러고는 천천히 고개를 저었다.

기계로 만든 인공 신체기관은 가난의 상징이었다. 만약 그녀가 손님이라면 저런 기계 의안이 아니라 생체 안구를 이식받았을 것이다. 하지만 승무원이라기에도 탐탁지 않은 구석이 있었다. 오르카호는 완벽한 인간 승무원을 강조하고 있었기 때문이었다. '완벽한 인간 승무원'이란 최소한 겉으로 봤을 때 기계로 대체한 부분이 드러나지 않는 인간을 의미했다.

충담은 불빛을 움직여 코트 사이로 드러난 그녀의 피부를 살폈다. 초록빛이 아니었다. 또한 충담을 정확히 응시하고 있는 것으로 보아 감각을 잃은 것 같지도 않았다. 그녀가 말했다.

"나는 섀도 크루야. 그쪽은 골드서클에서 보낸 구조대?"

충담은 손에 쥔 칼을 놓지 않은 채로 고개를 저었다.

"'섀도 크루'가 뭐지?"

"비공식적인 승무원. 승객들 눈에 띄지 않고 행동해야 하는 승무원이지. 대부분 나처럼 신체 일부를 기계로 대체한 사람들이었어."

그녀는 천천히 한 발씩 물러났다. 손전등 빛을 정통으로 맞은 그녀의 얼굴은 초췌해 보였다. 그는 칼을 내려놓았다. 그녀는 제대로 먹지 못해 눈자위가 쑥 들어갔고, 볼이 푹 꺼져 있었다. 그는 경계를 풀지 않은 채로 가방을 뒤져 작은 에너지바 몇 개를 꺼내 던졌다. 그녀는 눈치를 보더니, 이내 에너지바를 움켜쥐고 게걸스럽게 먹어치우기 시작했다. 그녀를 바라보며 그가 물었다.

"난 충담이야. 넌?"

"아누타야. 영상체험관 제어실에서 영상기사로 일했어."

"다른 생존자는?"

그녀는 순식간에 에너지바 2개를 해치운 후 입을 소매로 닦으며 말했다.

"모르겠어."

"넌 어떻게 살아남았지?"

"몇 달 전에 갑자기 선체가 엄청나게 흔들렸고, 비명이 들렸다가 아무 소리도 들리지 않게 됐어. 나는 계속 제어실에 갇혀 있었어. 빠져나와 보니 이런 상황이고."

아누타는 사건 당시를 떠올렸다. 1층 영상체험관에는 승객을 맞이하고 체험 방법을 알려주는 아름답고 젊은 3명의 승무원이 있었다. 짙은 푸른색 점프수트를 입고 있어 전문 엔지니어처럼 보였고, 그녀와는 달리 기계로 대체한 신체 부위가 전혀 없는 사람들이었다. 그들은 승객들을 자리로 안내하고 주의사항을 알려준 후 시작 버튼을 눌렀다. 승객이 의자에 누우면 능숙하게 기계를 조작하는 척까지 했다. 승객들은 그들이 영상을 제어한다고 믿을 수밖에 없었다. 하지만 실제로 영상을 제어하는 사람은 체험관 아래층 제어실에 있는 아누타였다. 그녀는 스크린으로 승객의 정보와 주문 사항을 전달받아 체험 영상을 만들었다. 그 후 각각의 뇌로 원하는 체험 프로그램을 전송했다.

영상체험관은 인기가 좋았다. 아누타는 영상 재생속도보다 앞서 영상을 끊김 없이 배열하고 구성해야 했다. 눈과 손이 쉴 새 없이 움직였다. 그녀는 체험 프로그램을 돌린 뒤엔 늘 기진맥진하곤 했다.

3명의 승무원과 아누타는 묵례만 나누는 사이였다. 그들은 그녀와 친해지려는 생각이 조금도 없어 보였고, 그녀도 마찬가지였다. 영업시간이 끝나면 그들은 체험관 바닥에 있는 제어실 문을 열고 자신들은 퇴근한다고 통보하고 떠났다. 그녀는 문이 열리면 반사적으로 손만 몇 번 흔들었다. 그녀의 시선은 항상 모니터에 가 있었다.

그녀는 퇴근 시간이 한참 지난 후에도 영상을 편집하다가 제어실에서 잠들곤 했다. 비좁은 제어실 안엔 침대뿐 아니라 물과 먹을거리 등 생필품도 구비돼 있었다. 생활하기에 쾌적한 환경은 아니었지만 상관없었다. 자신이 선택한 것이었으니까.

사고가 있던 날도 여느 하루와 다르지 않았다. 그날도 제어실에서 보낼까 하던 차에, 큰 진동을 느꼈다. 정전까지 돼버리는 통에 아무것도 보이지 않았다. 어둠 속에서 사람들의 비명소리만이 아득하게 들렸다.

그녀는 천장에 난 문으로 나가려 했지만 아무리 밀어도 열리지 않았다. 무거운 물체가 깔린 듯했다. 문을 부술 만한 기구를 찾아봤지만 헛수고였다. 물과 식량을 아껴 먹으며, 그녀는 에너지 소모를 최소화하기 위해 잠을 청했다. 그러다 작은 소리라도 들리면 잠에서 깨어나 천장 문을 밀어보았다. 하지만 손잡이도 없는 철제문은 쉽게 열리지 않았다. 가끔 전기가 들어와 기계가 작동될 때도 있었다. 하지만 그런 건 아주 잠깐의 희망일 뿐이었다. 정전은 다시 찾아왔고, 그녀는 더 큰 우울감에 시달렸다.

그래도 그녀를 견딜 수 있게 하는 것은 자신이 영상기사라는 자긍심이었다. 비록 이런 사고가 생길 줄은 몰랐지만 그녀는 이 상황마저도 어쩌면 영상을 만드는 데 쓰일지도 모른다고 생각했다. 그러고는 이 생각을 한 자신이 어이없어 씁쓸하게 웃음 지었다.

시간은 속절없이 흘러갔고, 물과 식량이 다 떨어졌다. 그녀는 굶주린 채로 문만 두드려댔다. 기업 중에서 둘째가라면 서러워할 골드서클사가 부자들을 망망대해 우주에 떠돌아다니게 할 리 없었다. 가족들도 그들을 애타게 찾고 있겠지. 지금쯤이면 지구에 이 비극적인 소식이 알려져서 한바탕 혼란에 빠졌으리라. 거기까지 생각이 미치자 어쩌면 구조되지 못한 사람은 자신뿐일지도 모르겠다는 생각이 들었다. 나 같은 사람 하나쯤이야 상관없는 거겠지. 부자들은 다 구조되고 지구로 돌아갔을지도 모를 일이었다. 자기를 구해줄 사람이 없을 수도 있다고 생각하니 한순간에 정신이 아득해졌다.

아무도 도와주지 않는다면, 자신의 힘으로 살아날 수밖에 없었다. 불길한 상상을 하지 말자고 다짐했다. 그녀는 마지막 힘을 짜내 주먹으로 문을 두드렸다. 갑자기 선체의 육중한 움직임이 느껴졌다. 잠시 후 선체는 점점 더 한쪽으로 기울어졌다. 그틈을 타 그녀는 문을 있는 힘껏 밀었고, 비로소 밖으로 나올 수 있었다.

밖으로 나오니 머리가 어지럽고 몸이 떨렸다. 오르카호는 완전히 달라져 있었다. 사방은 온통 고요했고, 움직이는 것이라곤 아무것도 없었다. 어두운 복도를 걸어갈 엄두가 나지 않았다. 그래도 배를 채워야 했기에 레스토랑까지 천천히 이동했다. 다행히도 레스토랑 식료품 저장고에는 배를 채울 만한 음식이 남아 있었다. 그녀는 포도주를 마시고 말린 사과를 씹으며, 생존자가 있을 거라고, 계속 버틴다면 구조대가 올 거라고 희망의 끈을 놓지 않았다.

"골드서클사에서 구조대를 보낼 거라고 생각했는데."

"궤도를 이탈하면서 지구와 교신도 끊긴 상태였어. 딱 한 번 기적적으로 교신에 성공한 적이 있었는데, 그때 이곳 상황을 알게 된 거야. 다들 오르카호를 찾기 위해 노력했어. 나는 순전히 운이 좋아서 찾아낸 거고. 난 구조대는 아니지만 기파 선생님을 구하기 위해 위험을 무릅쓰고 들어온 거야."

"기파라고? 그게 누구야?"

"오르카호의 의무실장이셔. 기적적으로 교신이 이뤄진 적이 있었는데, 그때 기파 선생님이 사람들을 돌보고 있다는 게 알려졌지. 그래서 지구에선 평전과 다큐멘터리, 심지어는 기파복지재단이라는 단체도 생겼지. 복지재단에서는 선생님을 구출하는 사람한테 사례금을 주기로 했어."

충담은 리더기를 꺼내어 평전 표지와 본문 컬러 화보를 몇 장 보여주었다. 사건 현장 한복판에 있었던 사람에게 자초지종을 설명하는 게 이상하게 느껴졌다. 아누타가 리더기를 천천히 응시하며 말했다.

"그러니까 기파라는 의사를 찾으러 온 거로군…"

"그래."

"본 적은 있는 것 같아. 하지만 사고가 난 이후에는 못 봤어. 아마 살아 있진 않겠지. 솔직히 내가 지금까지 살아 있는 것도 기적에 가까운걸."

그녀의 말이 맞았다. 교신이 온 지 5개월이 지났다. 그동안 무슨 일이 있었을지는 아무도 모른다. 하지만 여기서 물러날 수는 없었다. 연이를 위해서도. 충담이 다시 말을 꺼냈다.

"어떤 노랫소리 들어본 적 없어? 남자 목소리였는데."

"잘 모르겠어. 난 계속 갇혀 있었으니까."

"분명히 너 말고 누군가가 있는 거야. 분명 들었어. 게다가 기파 선생님이 즐겨 부르는 노래 가사였어. 아까 샹들리에를 맞고

서 정신을 잃었는데, 깨어나보니 누군가 내 어깨를 치료해줬더라고. 널 만나기 바로 직전의 일이야."

"치료를 해줬다고? 한번 봐봐."

충담은 그녀에게 어깨를 보여주며 말했다.

"그가 기파 선생님일지도 몰라."

그녀는 그의 어깨를 물끄러미 쳐다보다 시선을 거두었다. 그가 재차 말했다.

"어쨌든 널 두고 가진 않겠지만, 난 반드시 기파 선생님 찾아 이곳을 나갈 거야. 그러니 최대한 협조해줘."

"알았어. 두고만 가지 마."

충담이 고개를 끄덕였다. 그녀는 코트 주머니에서 포도주병을 꺼냈다.

"내 우주선은 주정뱅이 따윈 안 받아."

충담은 술병을 빼앗았다. 대신 배낭에서 물병을 꺼내어 내밀었다. 그녀가 물을 마시는 걸 지켜보다, 충담은 금속 막대를 가리켰다.

"그거 좀 버리지그래?"

그녀는 고개를 저었다.

"그게 뭐라도 돼?"

"신경 쓰지 마. 방해 안 되게 할게."

그들은 주방을 지나 레스토랑으로 나갔다. 그가 물었다.

"이 부근에서 사람 못 봤어?"

"못 봤어. 그리고 음식은 다른 층에서도 구할 수 있어. 작긴 하지만 각 층에 레스토랑이 있으니까."

그가 그녀에게 물었다.

"CCTV실은 어딨는지 알아?"

"영상체험관 바로 옆이야. 열려 있는지는 모르겠어."

충담은 일단 가보자며 아누타에게 안내하라고 했다.

CCTV실은 열려 있었다. 삼면에 온통 크고 작은 모니터가 있었고 그 앞에 의자 3개가 있었다. 모니터 전원은 들어오지 않았다.

"여기 로봇은 안 탔겠지?"

충담이 물었다.

"오르카호의 슬로건 알잖아? 로봇이 있을 리 없지."

"진짜 없어? 1대도? 좋아서 찾는 게 아냐. 찾아볼 게 있어서 그래."

아누타는 한숨을 쉬었다.

"혹시 여기 올 때 은색 입자 못 봤어? 떼 지어 돌아다니는데."

"그 파도 말이야?"

아누타가 고개를 끄덕였다.

"로봇이 안 탄 건 아냐. 보통의 로봇과 다른 로봇이 타고 있지. 그런데 왜?"

"보통 로봇은 자기가 경험한 일을 전부 녹화해 저장하던데. 그 입자들은 너무 작아서 그런 기능이 있을지 모르겠군."

"무슨 원리로?"

"원리는 몰라 나도. 하지만 영상을 추출하는 걸 본 적은 있어."

"어디서?"

"알 거 없어…." 충담은 말꼬리를 흐리며 이어 말했다. "그 파도가 언제 어디서 나타나는지 알 수 있어?"

"아니. 그건 녀석들 마음이야."

충담은 앓는 소리를 냈다.

"아무래도 쫓는 건 무리겠군."

충담은 2대의 로봇을 떠올렸다. 그가 택시 기사 로봇과 대형 버스 기사 로봇을 본 것은 추돌 사고가 일어난 후, '로봇 데이터 추출실'에서였다. 그곳은 취조실처럼 한 면이 유리로 된 공간으로, 담당 엔지니어와 수사관들도 참석해 있었다. 로봇들은 팔다리가 뜯겨 나간 채로 몸통만 덩그러니 놓여 있었다. 표정을 비추는 모니터 2대 중 1대는 꺼져 있었고, 나머지 1대는 오류창이 떠 있었다. 엔지니어는 제어판을 조작하며 말했다.

"바닷물에 침수되긴 했지만 아마 괜찮을 겁니다."

2개의 작은 스크린으로 모니터가 크게 확대되어 나타났다. 충담과 사고 관련자들이 그 광경을 주시했다.

"시작하겠습니다."

천장에서 얇은 은색 기둥 하나가 내려왔다. 은색 기둥이 모니터 위에 달린 작은 버튼을 누르자, 오류창이 떠 있던 화면마저 완전히 꺼졌다. 뒤이어 2개의 예리한 은색 바늘이 내려와 각각 모니터의 버튼 바로 옆 작은 구멍을 깊숙이 찔렀다. 그가 설명하길, 모든 로봇은 국제 표준 규격에 따라 이런 장치를 가지고 있으며, 이렇게 구멍을 누르면 녹화 데이터를 확인할 수 있다고 했다.

로봇의 모니터가 켜지며 녹화된 화면으로 넘어갔다. 이어 엔지니어는 사고가 있었던 날로 시간을 되감았다. 충담이 직접 보고 겪었던 그날의 기억이 그대로 재생됐다. 충담과 엔지니어와 수사관은 몇 번이고 영상을 돌려서 봤다.

2대의 차가 충돌하기 직전의 상황이었다. 화면 왼쪽 하단에 자막처럼 10자리의 번호가 잠깐 스쳐 지나가다가 사라졌다. 엔지니어는 그것을 놓치지 않고 정지하여 번호를 자신의 태블릿에서 검색했다. 그리고 그가 입을 뗐다.

"이 로봇은 버스 로봇과 잠깐 사이에 교신을 주고받았습니다.

인공지능 간에 어떤 논의가 있었던 듯합니다."

"무슨 논의요?"

"택시에는 3명의 승객이, 버스에는 46명의 승객이 타고 있으니, 소수의 희생으로 다수의 사상자를 막아내자. 택시를 틀어 충돌을 피하자… 그런 판단을 한 것으로 추정됩니다."

충담은 안 좋은 생각을 떨쳐내려고 고개를 흔들며 말했다.

"곧장 의무실로 가야겠어."

"난 거기까진 가본 적이 없어."

아누타가 대꾸했다. 충담은 리더기를 꺼내 위치를 확인했다. 바로 위층이었다. 주로 객실이 자리 잡고 있었는데 후미 부분에 꽤 큰 규모로 의무실이 있었다. 그들은 로비 계단을 통해서 2층으로 올라갔다. 계단참에 제단이 있었다. 그는 그 제단 위 깨진 유리 덮개를 가리키며 물었다.

"여기에 뭐가 들어 있었던 거야?"

"이벤트 상품이 있었어. 사람들이 흥미를 잃게 하지 않으려고 행사가 연일 벌어졌지. 내용물이 뭔지는 정확히 알 수 없어. 유리 덮개 안쪽 작은 케이스에 상품이 담겨 있었거든."

"이 상품을 주는 행사가 뭐였는데?"

"모르겠어. 난 이벤트 참여 권한이 없어서."

충담은 아누타의 눈을 바라보았다. 뭘 물어도 명쾌한 대답이
나오지 않았다.

"나한테 뭐 숨기는 거 있지? 솔직히 말해."

"젠장! 나도 좀 알려주고 싶어. 하지만 아는 게 없는 걸 어떡
하란 말이야. 나는 눈 때문에 자유로운 몸이 아니었어. 게다가
쭉 갇혀 있었다고."

충담은 말을 아끼기로 했다. 유일한 생존자인 그녀를 잃으면
정보를 얻거나 돌아다니는 데 불리했다.

그는 2층 복도 입구에서 잠시 멈추었다. 복도는 의무실에 가
까이 갈수록 어두워졌다. 그는 여분의 손전등이 있다는 것을 떠
올리고 손전등 하나를 아누타에게 내밀었다. 벽에 날카로운 도
구로 긁은 흔적이 보였다. 아누타의 키보다 더 높은 곳까지 흔
적은 이어지고 있었다. 그 끝에는 '기파가 모두를 구했다'라는
문구가 보였다. 그녀가 흠칫하며 벽에서 몇 걸음 떨어졌다. 건
너편에 보이는 다른 층 복도에도 불빛을 비추었다. 순간 그녀의
코트 소매가 흘러내려 맨 팔이 드러났다. 팔 안쪽에 검붉은 줄
이 있었다. 상처를 봉합한 자국처럼 보였는데, 그리 오래된 것
으로 보이지는 않았다. 아누타는 불빛을 거두었다. 충담이 말
했다.

"간단한 응급처치 같은 거 할 수 있어?"

"그건 왜?"

"다칠지도 모르니까."

"소독하고 연고 바르는 게 전부지."

그 말은 곧 저 팔의 봉합은 아누타의 솜씨가 아니란 소리였다.

8. 오르카호의 성자

아누타가 불빛을 이쪽저쪽 비추다 한곳에서 멈췄다. 2층 로비를 중심으로 복도 정반대 편에 커다란 문이 조금 열려 있었다. 회의실이었다. 그곳에는 그가 오르카호에 도착한 이래로 제일 질서 정연한 광경이 펼쳐져 있었다. 처음에 그는 수십 구의 시체가 행과 열을 맞춰 누워 있는 줄로 알았지만 시체가 아니었다.

그는 눈을 감았다 떴다. 승객들의 옷이었다. 승객들 옷은 한 치의 흐트러짐 없이 개어져 있었고, 옷 위에는 모자, 안경, 가방, 목걸이, 반지와 같은 소지품이 놓여 있었다. 어림잡아 100명분은 족히 넘어 보였다.

충담과 아누타는 최대한 소리를 죽이고 그 광경을 살폈다. 전체적으로 직사각형 형태로 행렬이 맞춰져 있었는데, 마지막 줄이 마무리되지 않은 걸 보니 아직 작업 중인 듯했다. 저 형태를 만든 사람이 기파라면, 한창 작업 중이었을 테니 살아 있을 확률도 분명 있었다. 의무실에 기파가 있기를. 2층 복도에도 1층과 마찬가지로 움직임을 감지하는 키오스크가 있었다. 충담이 물었다.

"승선 카드 있어? 화면에 갖다 대봐."

그녀는 키오스크를 마주 보고 섰다. 화면에 글자가 출력되었다.

카드를 대주십시오.

그녀는 코트 안으로 손을 넣어 목에 걸고 있는 승선 카드를 꺼냈다. 일련번호만 구석에 작게 새겨져 있을 뿐, 그 외엔 아무것도 쓰여 있지 않은 검정 카드였다. 그녀가 카드를 대자 화면에 글씨가 나타났다.

안녕하세요, 아누타 님.

그녀가 조회할 수 있는 것은 한정되어 있었다. 개인 페이지는 활성화되었지만 제목 그대로 개인정보 수정이나 별도 지출 금

액을 정산하는 기능밖에 하지 못했다. 충담은 승무원 조회를 눌러 '기파'를 입력했다. 하지만 손님 자격으로 키오스크를 실행했던 화면과 다르지 않았다. 상세 프로필은 활성화되지 않았고 사진과 직책만 나왔다. 아누타가 말했다.

"지금 본 그대로야. 나는 정식 직원이 아니니까 조회 권한이 없어. 승객들 카드로도 마찬가지일 거야. 정식 직원 카드로만 가능할걸. 잠긴 문 여는 것도 그렇고."

그들은 의무실로 향했다. 의무실은 누구나 들어갈 수 있었다. 자재문을 열자마자 바로 보이는 벽에 헤르메스의 지팡이가 붙어 있었고, 그 아래 커다란 반원 모양의 프런트 데스크가 있었다. 데스크 양옆으로 복도가 있었다. 오른쪽 복도에서 일정 주기로 전자음이 들려왔다. 충담이 앞장섰고 아누타는 그의 뒤를 쫓아갔다. 복도 양옆으로 수납실과 약국, 행정실, 수술실, 진료실이 보였다. 진료실은 과별로 죽 늘어서 있었다. 복도를 사이에 두고 10개의 병실이 마주하고 있었다. 대부분 5인실에서 10인실이었지만 안쪽 병실 2개는 2인실과 3인실이었다. 병실 내부는 대체로 비슷한 인상이었으며, 빛이 바랜 침대와 레일 커튼은 여기저기 찢겨 있었다. 충담은 침대에 쳐진 커튼을 하나하나 걷어보았다. 사람의 흔적이라곤 전혀 찾아볼 수 없었다. 소리도 들리지 않았다. 충담은 마지막 병실 문을 열어젖혔다.

문이 열리자마자 시끄러운 전자음이 귀를 찔렀다. 정면의 두꺼운 유리 벽 너머로, 긴 머리의 여자가 침대에 누워 있는 게 보였다. 여자의 얼굴은 초록색이었다. 팔다리엔 전선이 부착돼 있었으며, 바이털사인 기계로 이어져 있었다. 전자음은 저 기계에서 나오고 있었다. 인공호흡기의 펌프 소리가 들렸다. 기계 모니터는 초록색 선으로 된 작은 산을 일정하게 그려내고 있었다.

아누타는 유리 벽에 코를 딱 붙이고 환자와 연결된 전선을 살폈다. 바이털사인 기계와 인공호흡 기계에서 뻗어 나온 전선이 있었다. 그 전선 외에 다른 전선 몇 개가 더 있었다. 그것은 그녀가 가장 잘 알고 있는 기계에서 나온 전선이었다. 전선은 환자 목 뒤에 붙어 있는 원형 스티커에서부터 시작해 침대 밑으로 뻗어 있었다. 아누타는 쪼그리고 앉아 침대 아래를 보고 싶었지만, 멀어서 잘 보이지 않았다. 그녀는 유리 벽 구석에 있는 투명한 문손잡이를 당겼다. 문은 잠겨 있었다. 그녀는 손잡이를 거칠게 잡아당겼다.

"뭐 하는 거야!"

충담이 아누타의 어깨를 붙잡았다.

"침대 아래에 있는 거, 확인해야겠어."

그녀는 손잡이를 재차 잡아당겼다. 몇 번을 잡아당겨도 미동도 하지 않자, 급기야 가지고 있던 금속 막대로 유리 벽을 깨려고 했다.

"저 사람 얼굴을 봐. 저렇게 될 수도 있다고!"

아누타는 손전등 불빛으로 침대 아래쪽을 이리저리 비추었다.

"저거 내 장비야. 훔쳐 간 거라고."

그녀는 침대 아래에 있는 기계를 확인했다. 가상 체험 영상 구현에 쓰이는 큼지막한 기계가 1대, 그 위로 손바닥만 한 영상 녹화 장치가 1대가 있었다. 가상 체험 영상실에 있던 것이었다.

순간, 문 쪽에서 누군가가 들어오는 소리가 들렸다. 충담은 칼을 그러쥐었다. 발소리가 불규칙적으로 들렸다. 그녀는 입구 바닥을 향해 손전등을 비추었다. 까맣고 광택 나는 구둣발이 보였다. 그녀는 손전등을 서서히 들어 올렸다.

낯선 이는 군데군데 황회색 얼룩이 묻은 의사 가운을 입고 있었다. 안쪽에 입은 와이셔츠의 가슴과 복부 쪽에는 핏자국이 말라붙어 있었다. 그는 더러운 시트를 여러 장 들고 있었다. 단정한 검은 머리카락과 검은 뿔테 안경, 신뢰 가는 인상의 얼굴. 기파였다. 그의 피부는 죽은 사람처럼 핏기가 없지도 초록색도 아니었다.

그토록 찾던 기파가 충담 앞에 서 있었다. 시시각각 사람들이 죽어가는 고립된 곳에서 외로운 사투를 벌였을 오르카의 성자였다.

"선생님!"

뉴스에서, 그의 평전에서, 이름을 딴 복지재단 홈페이지에서 보던 그 얼굴이 틀림없었다. 기파는 표정 변화 없이 단호하게 말했다.

"가까이 오지 마십시오."

충담이 주춤하며 말했다.

"저는 선생님을 구출하러 왔습니다. 생존자들을 혼자 돌보셨잖아요. 제 말이 틀리나요?"

기파는 조금 더 뒤로 물러났을 뿐, 대답하지 않았다. 충담은 그의 안색을 더 자세히 살폈다. 멀어서 잘 보이진 않았지만, 왼쪽 뺨에서부터 귀까지 검은 반점들이 있었다.

"어디를 다치신 거예요? 그 반점은…"

기파는 대답 대신 고개를 다른 쪽으로 돌렸다. 충담이 헐레벌떡 말을 이었다.

"다들 선생님을 기다리고 있어요."

기파는 금방이라도 충담에게 시선을 거둘 듯했다. 충담은 마음이 급해졌다.

"선생님 가족분들도 애타게 기다리고 있을 겁니다."

기파가 뒤로 한 발짝 물러나며 말했다.

"저는 여기서 해야 할 일이 있습니다."

"무슨 일을 말씀하시는 거예요? 이곳은 이제 가망이 없습니다."

기파가 침대에 누워 있는 환자를 응시하며 말했다.

"저는 이 사람을 치료해야 합니다."

"그렇다면 같이 가요. 방법이 있을 거예요. 제 우주선에서 바로 치료하긴 어렵겠지만 재단에 이야기해볼게요."

그는 고개를 저었다.

"미안합니다. 사정이 있습니다."

기파는 들고 있던 시트를 떨어트리고 문밖으로 내달렸다. 행동이 재빨랐지만, 허리를 최대한 쓰지 않으려는 모습이 역력해 보였다.

9.『기파 평전』, 미래출판사, 2071, pp. 103 − 107.

충돌 직후

요동치던 선내가 잠잠해졌다. 얼마간의 정적 후 울음과 비명이 시작되었다. 기파는 소행성 충돌 이전 상황이 꿈결같이 느껴졌다. 우왕좌왕하다가 추락하는 기물에 맞아 죽고, 난간 밑으로 떨어져 죽고, 대피하다가 복도와 계단의 인파에 깔려 죽기도 했다. 그는 교육받은 대로 비상탈출장소로 가야겠다고 생각했다.

선내 방송이 시작된 것은 그때였다. 선장의 목소리가 스피커에서 흘러나왔다.

"승객 여러분. 예상치 못한 소행성 충돌이 발생했습니다. 다행히도 지금은 모두 그쳤습니다. 저희 승무원은 합심하여 원래 궤도로 진입하기 위해 노력 중입니다. 또한 지구와의 교신을 취하여 구조선이 속히 도착할 수 있도록 최선을 다하겠습니다. 비상탈출장소에는 혼잡이 예상되오니 개인행동을 자제하여주시고, 선내에서 기다려주십시오."

한순간 승객 전부가 쥐 죽은 듯이 조용했다. 하지만 고통을 호소하는 신음들이 하나둘 들리더니 곧 사방에서 들리기 시작했다.

기파는 동료들을 찾았으나 아무도 보이지 않았다. 서로 연락을 주고받을 수 있는 수단도 끊겼다. 기파는 생존자들의 얼굴을 살피며 동료들이 살아 있기만을 바랐다. 하지만 친근한 얼굴이 발견되는 곳은 항상 생존자 무리가 아니라 시체 더미에서였다.

사망자 중에는 보조 외과의인 이언도 있었다. 그는 사고 당시 행방불명된 의사 중 맨 처음으로 발견되었다. 1층과 2층 사이 계단에서 그는 온몸에 멍이 들고 머리에 피를 흘리며 죽어 있었다. 대피하던 사람들 발에 밟혀 죽은 것이었다.

생존자들

생존자들은 곧 구조대가 올 거라고 믿었다. 그러나 상황은 좋지 않았다. 교신 장비도, 내비게이션도 전부 고장이었으며, 전력 공급마저 불안정했다. 치료 문제가 가장 시급했다. 기계식 의료 장비는 가동할 수조차 없었기에, 남은 장비로 최대한 버티는 수밖에 없었다. 항생제, 알코올, 붕대 같은 소모성 물품이 언제 동날지 모르는 상태에서, 기파는 자기 안의 무력감과 싸워야 했다. 힘든 싸움이었지만 오르카호 어딘가에서 자신의 동료들도 환자를 보살피고 있을 것이라고 생각하면, 그래도 견뎌낼 수 있었다.

기파는 잠시 숨을 돌릴 때마다 2층 난간에서 1층의 로비를 바라보았다. 자신이 노력해서 호전된다 한들, 근본적인 문제가 남아 있었다. 이곳은 우주였다. 식료품은 부패하기 시작했고, 식사를 제대로 하지 못한 사람들은 점점 기운을 잃어갔다. 다들 지쳐가고 있었다. 오르카호엔 이제 멍하니 허공을 보며 죽기만을 기다리는 사람, 누워서 아픔에 몸부림치는 사람, 결속해야 살아남는다는 생각을 잊어버리고 싸우는 사람만이 남아 있었다.

시간이 지날수록 구조선이 올 거라는 희망도 서서히 희미해졌다. 모든 게 소용없는 일이라는 생각마저 들자, 한 줄기 눈물이 그의 뺨을 타고 흘렀다. 그는 노래를 부르기 시작했다. 이 노래를 부르면 마음이 편안해지곤 했다.

고향 땅에서는 모두 나를 기다리네

구름 위에 떠가는 달이

맑은 모래 일렁이는 물이

내 소식 전해주리

　그는 작은 소리로 불렀지만 그 소리가 메아리치며 선내에 울려 퍼졌다. 지쳐 있던 사람들은 이 노래를 듣고선 누가 시키지도 않았는데 천천히 따라 부르기 시작했다. 함께 부르는 노래는 마음을 진정시키는 데 도움이 되었다.

　몇몇 사람들이 살기 위해 움직이기 시작했다. 그들은 시체들을 정리하자고 했다. 10명가량의 사람이 모였지만, 수많은 시체를 처리하기엔 턱없이 부족했다. 시체를 선내에 두기에는 위생상 문제가 있다고 생각하여 그들은 시체를 오르카호 밖으로 버릴 것을 계획했다.

　또 다른 사람들은 지구와 교신하기 위해 애썼다. 그들은 지구 쪽에서도 오르카호를 찾기 위해 분투하고 있을 것이라고, 그러니 포기해선 안 된다고 스스로 다독였다. 교신기는 완전히는 아니지만 교신이 겨우 가능할 정도로 복구되었다. 하지만 교신은 매번 허사로 돌아갔다. 사람들은 기대가 컸던 만큼 실망도 컸다.

전염병이 시작되다

그러다 어느 순간, 엎친 데 덮친 격으로 전염병이 돌기 시작했다. 병은 급속도로 퍼져나갔다.

최초 발견자는 기파였다. 그가 맡았던 환자 중 머리가 찢어져 외과수술을 받은 젊은 여자 승무원이 있었다. 기파가 치료해준 덕분에 건강을 회복하나 싶더니, 그녀는 몸을 덜덜 떨며 기파를 찾아왔다. 식은땀에 젖어 있던 그녀는 부러진 각목을 지팡이 삼고 삐딱하게 서 있었다.

"몸이… 좀 이상합니다. 잘 걸을 수가 없어요. 눈도 잘 안 보이고요."

그녀는 얼굴을 포함한 전신이 연한 초록빛으로 변해가고 있었다. 그는 그녀를 병실로 옮겼다. 처음 보는 증상이었다. 환자는 얼굴이 점점 초록빛으로 변해가더니 시력을 완전히 잃고, 그 후에 서서히 청각, 후각, 촉각까지 급속도로 잃어갔다. 그리고 한동안 의식불명 상태에 빠져 있다가 사망하고 말았다.

그녀가 몸이 이상하다고 한 날에, 같은 증상을 호소하며 의무실을 찾아왔던 승객 몇 명도 같은 증세를 보이다가 죽었다. 시체를 우주로 버리려던 사람들과 교신을 보내던 사람들도 마찬가지였다. 병은 급속도로 퍼져나가 결국엔 기파를 제외한 나머지 모두가 감염되었다.

감염된 후에 살아남은 사람은 아무도 없었다. 원인을 알 수도 없었다. 감염되지 않은 사람들은 잠에서 깨어나면 서로의 얼굴을 확인했다. 그마저도 시력을 잃지 않았을 때의 일이었다.

10. 기파의 그림자

충담은 기파 뒤를 쫓았다. 허리를 다쳤으면서도 저리도 빠르게 달리다니. 전속력으로 달리던 충담이 외마디 비명을 지르며 넘어졌다. 발을 헛디딘 것이었다. 기계 의족은 진짜 발보다 민첩하지 못했다. 뒤따라온 아누타가 넘어진 그를 부축하며 물었다.

"저 사람이 정말 기파야?"

충담은 다친 곳이 있는지 살피며 말했다.

"틀림없어."

"그런데 왜 도망가지? 구하러 왔다는데도?"

"모르겠어. 그런데 허리는 어디서 다친 거지? 뺨도 좀 이상해 보이던데."

"지금 여긴 어딜 가나 위험지대니까."

사방이 고요했다. 충담은 작은 소리라도 놓치지 않으려고 정신을 집중했다. 아래층에서 아득하게 노랫소리가 들려오기 시작했다. 1층에서 들었던 노래였다. 그것은 정확히 아까와 같이 뚝 끊겨버렸다. 아누타가 물었다.

"이제 어디로 가지?"

충담이 말했다.

"여기부터 꼼꼼히 찾아보자. 환자가 아직 있으니 돌아올지도 몰라."

충담과 아누타는 의무실로 다시 들어갔다. 이번에는 아까 가보지 못했던 공간을 둘러보았다. 그들은 왼쪽 복도 맨 끝에서 직원 라커 룸을 발견했다. 2층짜리 철제 캐비닛이 양 벽에 빼곡하게 붙어 있었다. 중앙에는 원형 테이블과 의자 몇 개가 딩굴고 있었다. 테이블 아래 액정이 깨진 전자 진료 차트가 여기저기기 흩어져 있었다. 구석진 곳에 컴퓨터 1대가 놓여 있었고, 문 옆에는 아직 작동하고 있는 키오스크가 있었다. 캐비닛은 열려 있는 것도, 자물쇠로 잠긴 것도 있었다. 각각의 문에는 일련번호와 이름이 새겨져 있었다.

아누타가 각각 캐비닛에 양각된 이름을 살피는 동안, 충담은 문이 열린 캐비닛을 살펴보았다. 열린 캐비닛은 전부 텅 비어 있었고, 문이 닫혀 있는 캐비닛은 자물쇠가 걸려 있었다. 그러다 낯익은 이름이 눈에 띄었다. 이언. 기파 평전에 등장하는, 기파의 절친한 보조 외과의의 이름이었다. 그의 캐비닛은 문이 닫혀 있었지만 잠겨 있지 않았다. 그는 조심스럽게 문을 열었다. 거기에는 피와 구정물로 더러워진 의사 가운 두 벌과 소매 한쪽이 걷어져 있는, 구겨진 검은색 남방 하나가 옷걸이에 걸려 있었다. 그는 가운 주머니를 뒤져보았다. 이언의 승선 카드가 있었다.

키오스크에 카드를 접촉했다. 승무원 조회에서부터 각 층 시설 안내, 선내 시설물 사용 예약 등 아누타의 것과 비교도 되지 않을 만큼 엄청난 권한이 부여되어 있었다. 그는 개인 페이지를 눌렀다. 곧바로 이언의 사진과 함께 소속 부서와 직위가 차례대로 나왔다.

아누타는 반대쪽 주머니를 뒤졌다. 손바닥만 한 크기의 스프링 노트가 나왔다. 그녀는 노트를 펼쳤다. 굵은 펜으로 꾹꾹 눌러 쓴 기록이었다.

〈승선 1일〉

달 우주정거장에서 오르카호가 출항하였다.

의무실 동료들과 프런트 데스크에서 조촐한 승선 파티를 벌였다.

1등 객실 첫 환자 왕진을 나갔다.

〈승선 5일〉

별다른 사항 없음. 3명의 환자 왕진을 떠났다. (1등 객실 환자 2명, 2등 객실 환자 1명)

연구소 일도 순조롭다.

〈승선 7일〉

놀랍게도 오늘은 아픈 사람이 없었다.

〈승선 11일〉

별다른 사항 없음. 처음으로 내가 봉합수술을 하게 되었다. 섀도 크루 1명과 개인적으로 인사를 나누었다.

'특이사항 없음', '무사히 지나감'이라는 한 줄짜리 문장이 계속되었다. 별다른 것이 없어 보였다. 충담은 엄지손가락으로 페이지를 쭉 넘겼다. 그러다가 중반 부분에서 멈추었다. 다른 이야기가 쓰여 있었다.

〈승선 120일〉

예상과는 달리 승객들이 눈치채지 못하고 있다.

충담은 이것이 무슨 이야기인지 알 수 없었다. 그다음에는 또 특이사항이 없다는 글만 계속되었다. 그는 조금 더 읽어보기로 했다.

〈승선 161일〉

기파 선생님의 말씀에 순간 간담이 서늘해졌지만, 다행히 보호자는 웃기만 했다. 이렇게 장기 계획이 될 거라곤 예상치 못했다. 의무실에 돌아와 기파 선생님은 내게 너무 정교한 것도 탈이라고 했다.

〈승선 183일〉

의무실 동료들과 어울리는 것은 문제없으나(여전히 아무도 눈치채지 못했다), 기파 선생님만은 대하기가 어렵다. 회의 때 내 의견만 무조건 적으로 반대하셨다. 도대체 내게 왜 이러는지 도통 알 수가 없었다.

〈승선 185일〉

말다툼이 있었다. 내 생각을 이야기하는 것을 기파 선생님은 말대꾸라고 했다. 그는 자기가 한 말이 일종의 장난이라고 말했지만 나는 마음이 편치 않다. 하지만 그렇다고 해서 어떤 반응을 보여야 하는지도 잘 모르겠다.

그는 오늘 승객들 앞에서 내게 빙긋 웃어 보였고, 그의 표정 속에서 나는 두려움을 읽을 수 있었다.

〈승선 186일〉

186일은 제목만 쓰여 있을 뿐, 내용은 없었다. 186일은 지구
와 오르카호의 교신이 끊긴 날이었다. 즉, 오르카호와 소행성이
충돌한 그날이었다.

충담은 이언에 관해서 잘 알지 못했다. 평전 내용을 통해 그
가 기파의 친한 후배이자, 보조 외과의라는 것을 알았지만 그
이상은 알지 못했다. 같은 과에 근무하는 정도라면 거의 가족처
럼 지냈을 것으로 생각했을 뿐이었다. 평전에도 그렇게 쓰여 있
지 않았던가. 그런데 싸웠다니? 이 기록은 그 둘의 사이가 좋지
못했다고 쓰여 있었다. 충담이 그녀에게 물었다.

"기파 선생님을 본 적이 있다고 했잖아. 그 옆에 이언도 함께
있었어?"

"가끔 둘이서 같이 왕진을 나가는 모습을 봤어. 충돌 이후에
는 아무도 못 봤지만."

아누타는 페이지를 앞으로 넘기며 말을 이었다.

"내가 말할 수 있는 건 이 글을 쓴 이언이 적어도 없는 사실
을 지어내서 쓸 정도로 이상한 사람은 아니라는 거야."

"그걸 어떻게 알아? 본 적만 있다며?"

아누타는 대꾸하지 않았다. 충담은 턱을 쓸며 생각했다. 아누타는 무언가 숨기고 있는 듯했지만, 일단은 기파 선생님을 찾는 게 급선무였다. 그녀의 말대로라면, 그 둘은 진료도 함께 봤을 것이다. 이언에 대한 기록은 완전히 일치하진 않더라도 기파 선생님의 행적을 담고 있을 테지. 그렇다면 이언의 전산 기록은 기파 선생님의 행방을 추적할 중요한 단서가 될 지도 모른다.

충담은 한쪽 구석에 놓인 컴퓨터를 켰다. 화면 밝기가 아주 낮았지만 흐릿하게나마 화면이 켜졌다. 바탕화면 아이콘 중에서 동그란 모양의 '골드서클 정보시스템'을 찾았다. 그는 아이콘을 터치하여 실행시켰다. 이언의 의무실 업무 기록을 검색하자, 표로 정리된 출입 시간과 업무 내용이 화면에 나타났다. 다행히 이언의 권한만으로도 기파 선생님의 기록까지 확인할 수 있었다. 기파 선생님은 출항부터 소행성 충돌 전까지는 출퇴근이 들쑥날쑥했지만, 충돌 이후에는 정시에 출퇴근했다. 이언은 출항부터 소행성 충돌 전까지는 하루도 빠짐없이 일했지만, 노트 기록과 마찬가지로 충돌 이후부터는 전혀 기록이 없었다. 아마도 이맘때쯤 압사 사고를 당했을 터였다.

그는 둘이 어디에서 일했는지도 살폈다. 그들은 같은 의무실에서 함께 일했던 것으로 알려져 있었다.

충담이 표를 보면서 곰곰이 생각하고 있을 때, 아누타가 화면 오른쪽 위를 가리켰다. 작게 '계정 전환'이라는 글씨가 쓰여 있었다. 그는 글씨를 눌렀다. 중앙에 기파의 소속이 나열되었다. 그는 의무실 소속일 뿐만 아니라 '연구소' 소속이기도 했다. 무엇을 연구하는지는 따로 설명이 없었다. 글씨를 눌러보니 '해당 부서 소속 아이디와 패스워드로 로그인하세요'라는 창만 뜰 뿐이었다. 이언도 마찬가지였다. 두 사람은 이언의 노트에 적힌 기록을 다시 읽었다. 분명 연구소에 대한 언급이 있었다.

충담은 리더기에 설계도를 띄워 연구소 위치를 찾았다. 하지만 연구소는 찾을 수 없었다. 사실 그로서도 연구소가 있다는 건 처음 듣는 얘기였다. 이 연구소라는 곳이 수상했다.

아누타가 손가락으로 지하 2층과 3층을 가리켰다. 그곳은 식물 재배와 고기 배양 시설이 있다고 쓰여 있었다.

"아마 이 둘 중 하나일 거야."

"어떻게 알아?"

그녀는 대꾸하지 않았다. 충담은 그녀의 의중을 알 수 없었다. 추궁할 수도 있었지만 추적이 먼저였다.

그는 손가락으로 현 위치를 짚고, 지하로 내려갈 수 있는 길을 확인했다. 이곳으로 가려면 지상 중앙 계단을 내려가 먼 길을 돌아가야 했다. 한 층을 내려가기 위해선 오르카호를 가로질러 가야 하는 구간도 있었다.

"이 길보다 내가 아는 길이 빠를 거야."

아누타는 노트를 코트 주머니에 넣고 앞장섰다. 그녀가 인도한 곳은 EPS실 문 앞이었다. 충담도 학교 시설관리자 일을 했기에 이 공간의 용도를 알고 있었다. 배전반과 전선 등을 따로 두어 관리하는 공간. 이 작은 공간은 어느 건물에나 있으며, 오르카호도 마찬가지였다. 그녀는 EPS실 문을 활짝 열며 말했다.

"사람들은 이런 곳까지 신경 쓰지 않지."

지구 건물의 EPS실과 똑같이 그곳은 두세 사람이 들어가면 꽉 찰 정도로 좁았고, 레버와 스위치가 달린 패널이 벽면에 빼곡했다. 그녀는 격자무늬 타일 홈에 손가락을 넣어 타일을 들어올렸다. 아래로 향하는 철제 사다리가 있었다. 충담이 물었다.

"뭐 하는 곳이야?"

그녀는 어깨를 으쓱거리며 말했다.

"들어가보면 알아."

그녀가 앞서서 내려갔고 그가 뒤를 따랐다.

"여긴 내가 이동할 때 주로 이용하던 곳이야. 다른 새도 크루들도 마찬가지고. 승객 눈에 띄면 징계를 받을 수도 있었으니까."

사다리를 다 내려오자 철제 난간과 공중에 설치된 협소한 이동 통로, 그리고 계단이 있었다. 각양각색의 배관이 똬리를 틀

듯 엉켜 있었고 철골과 전선이 그대로 드러나 있었다. 아누타는 두 갈래로 난 길의 한쪽을 선택하기도 하고, 계단을 내려가기도 했다.

아직 작동하고 있는 기계들은 열을 피워 올리며 작동하고 있었다. 오르카호는 승객을 위해 거의 모든 전자기기들이 내장형 시스템으로 갖춰져 있었다. 승객들이 다니는 곳에는 전선 한 가닥 보이는 것조차 용납되지 않았지만, 이곳엔 정리 안 된 전선 다발과 흉한 철골이 가득했다. 충담과 아누타가 걸음을 옮길 때마다 철판 바닥이 공간을 울렸다. 어둑한 구석에서 예측 못 한 것이 튀어나올까 싶어 충담은 가슴을 졸였다.

"새도 크루들은 엄밀히 따지면 직원도 아니고 그저 우주선을 돌아가게 하는 부품에 불과했어."

충담은 그 이야기를 들으며 오른쪽 벽을 응시했다. 세로로 길게 벌어진 틈이 균열한 간격으로 있었고, 바로 옆에 손가락 하나가 겨우 들어갈 구멍이 보였다. 그는 구멍에 손가락을 넣고 벽을 조심스레 잡아당겼다. 벽이 문처럼 열리면서 락스 냄새가 훅 끼쳤다. 그는 손전등으로 안쪽을 비추었다. 사람이 겨우 몸을 뉘일 만큼 작은 공간이었다. 구석의 청소 도구함은 활짝 열려 있고, 거기에서 쏟아져 나온 대걸레와 진공청소기, 마른걸레가 어지러이 흩어져 있었다. 청소할 때 쓰는 이름 모를 화학약

품 통이 바닥에 뒹굴었다. 그 옆에는 왁스 먹인 천으로 만들어
진 침대가 벽에 딱 붙어 있었다. 몸을 뒤척이지도 못할 정도로
열악했다. 접시와 수저, 로션과 빗, 보급형 유니폼이 함께 나뒹
굴었다. 아누타가 심드렁하게 말했다.

"청소부 방인가 보네. 나도 비슷한 방에 묵었어."

"청소부가 왜 필요해? 파도가 있잖아. 그게 청소해주는 거 아
녔어?"

"파도가 미처 발견하지 못한 것을 처리하러 오거나, 아니면
청소에 관해 유난히 불평이 많은 승객이 호출하는 용도였겠지.
자, 그만 봐. 바쁘다고 한 사람이 누군데 그래."

충담은 문을 닫고 자신이 왔던 길을 돌아다보았다. 자세히 보
니 지금까지 걸어왔던 복도 옆에는 청소부의 방과 같은 홈이 파
진 문고리들이 빼곡히 들어차 있었다. 지금까지 복도라고 생각
했던 벽들이 모두 사람이 생활하던 곳이라고 생각하니 마음이
복잡해졌다. 사람 사는 공간을 이런 곳에 만들어놓다니. 이렇게
해놓고 아무도 문제 삼지 않았던 건가? 생각이 꼬리에 꼬리를
물 무렵, 아누타가 말했다.

"다 왔어."

철문에 '고기 배양실'이라는 아크릴 문패가 있었다. 몇 개의
보안 장치가 달려 있었고, 문 모서리에 두꺼운 고무 패킹이 꼼

꼼히 붙어 있었다. 그는 손을 뻗어 문을 열었다. 여태까지 지나쳐 왔던 문과 달리, 손 한 뼘만 한 두께의 문이 삼중으로 달려 있었다. 다행히 잠금장치는 풀려 있었다.

고기 배양실 안도 어둠 속이었다. 천장 조명은 꺼져 있었지만 눈으로 대충 훑기만 했는데도 곳곳에서 문을 확인할 수 있었다. 문패가 달려 있었지만 전문용어로 쓰여 있어 읽기조차 어려웠다. 그들은 각 방을 수색했다. 어떤 방이든지 아수라장임에는 차이가 없었다. 아무래도 연구소 내부는 파도가 접근할 수 없는 구역인 듯했다. 문패 중에 충담과 아누타의 이목을 잡아끈 것은 단 한 개였다. '배양액 보관실' 옆에 그들이 찾고 있던 '연구소'가 있었다. 그는 '연구소'라는 이름을 되뇌어봤다. 기파는 분명히 연구소 계정을 가지고 있었다.

그는 문을 열었다. 거대한 냉장고와 냉동고가 한쪽 구석에 쓰러질 듯이 밀려 있었다. 등받이 없는 원형 의자와 원기둥 형태의 냉동기는 다른 한쪽 구석에 처박혀 있었으며, 현미경과 저울 그리고 유리 재질의 실험도구는 바닥에 떨어져 산산조각이 나 있었다. 다른 한쪽엔 더러워진 멸균복이 나뒹굴었다. 먹통이 돼버린 컴퓨터는 흔한 풍경이었다. 문서 보관 선반이 모로 누워 파일철을 토하고 있었다.

연구소는 군데군데 파티션으로 구획이 나누어져 있었다. 아누타는 파티션 안쪽을 살폈고, 충담은 맨 안쪽까지 들어갔다. 그곳에는 문 하나가 있었다. 작지만 격실 문처럼 견고해 보였고, 다른 문과 달리 붉은 글자로 된 '관계자 외 출입금지' 표지가 붙어 있었다. 충담은 발끝으로 문을 건드려보았다. 문은 굳게 잠겨 있었다. 나중에라도 들어가는 일이 없길 바라며, 그는 리더기의 지도에 이곳 위치를 체크해두었다.

그는 구석에 놓인 컴퓨터 중에서 멀쩡해 보이는 몇 대의 전원을 켜보았다. 2대가 희미한 화면을 띄우며 작동되었다. 한 컴퓨터는 켜지자마자 사내 메신저로 자동 로그인되었다. 그는 아이콘을 터치하여 메신저에서 주고받은 과거 메시지를 확인했다.

lavo_421> 1등석 놈들, 바이러스도 같이 타고 있다고 하면 고소하겠지?

lavo_223> 고소는 무슨. 수사기관이 있는 것도 아닌데.

lavo_421> 하긴.

lavo_223> 그나저나 새로 시작한 배양은 어때? 잘되나?

lavo_421> 무서울 정도로 증식해. 제어가 좀 힘들지만 나름 잘되고는 있어.

lavo_223> 항상 철저히 관리해. 유출되기라도 하는 날엔 전부 끝장이야.

lavo_421> 말을 무섭게 하네. 이건 단순한 실험일 뿐인데.

lavo_223> 혹시 모르니까 하는 말이야.

lavo_421> 그래, 알아. 나도 우주 한복판에서 바이러스로 죽고 싶지 않아.

lavo_223〉 어쨌든 성공만 하면 떼돈을 버는 것도 시간문제군.

이게 무슨 말인가. 정체불명의 우주바이러스라며? 다들 그렇게 알고 있는걸. 그런데 지구에서 가져온 바이러스라고?

충담이 놀라는 사이, 아누타도 정상적으로 작동되고 있는 컴퓨터를 발견했다. 충돌 이후 모든 집기가 흐트러진 상태였는데도 그 컴퓨터는 유일하게 먼지 하나 없는 깨끗한 책상 위에 놓여 있었다. 잠시 자리를 비운 듯, 금방이라도 돌아와 일을 다시 시작할 것 같이 말끔했다. 그녀는 컴퓨터 계정을 확인했다. 그곳은 기파의 자리였다. 충담도 그녀 쪽으로 왔다. 그녀는 기파와 이언의 연구소 업무 기록을 살폈다. 기파는 난파된 이후에도 계속해서 출퇴근을 했다. 하지만 난파 이전에는 출퇴근 시간 기록이 일정치 않았다. 1시간 늦게 오기도 하고, 퇴근 시간보다 1시간 앞당겨 퇴근하기도 했다. 그런데 충돌 이후에는 거의 같은 시간에 1분도 틀리지 않고 출퇴근 기록을 남기고 있었다. 심지어 몇 시간 전에 왔다 간 기록도 남아 있었다. 그녀는 한참이나 기록을 유심히 지켜보았다. 충담은 옆에서 그 기록을 보다가 말을 꺼냈다.

"왜 사고 이후에 이렇게 출퇴근이 정확해진 거지?"

아누타는 그의 말을 듣지 않고 있었다. 온 신경은 모니터에

가 있었다. 그녀는 기파의 기록에서 바로 이언의 기록으로 화면을 전환했다. 그 기록엔 이상한 점이 있었다. 의무실과 연구소 기록에 따르면 충돌하는 날 이전까지 1시간의 휴식 시간을 제외하고, 이언은 의무실에서 퇴근하면 연구소에 와서 일하는 식으로 거의 끊임없이 일하고 있었다.

"사람이 1시간만 자고 일하는 게 가능해? 그것도 매일?"

업무 시간 배분은 두 기관에서 반반이었는데, 의무실에서 퇴근하여 연구소로 와 출근 도장을 찍는 이동 시간도 어느 순간부터 변동이 있었다. 이동 시간은 항행 초기에는 길었지만 어느 날부터는 절반 수준으로 확 줄었다. 의무실에서 지하까지 내려오기엔 아주 촉박한 시간이었다.

"의무실에서 여기까지 보통 직원이 다니는 길로 다니면 이 시간에 못 도착해. 훨씬 오래 걸려. 하지만 우리가 왔던 길로 오면 충분히 가능해."

충담은 그녀를 흘끔 쳐다보았다. 그녀는 화면을 뚫어지라 꼼꼼히 텍스트를 살피다 입을 열었다.

"이언이 쟤도 크루라는 거야?"

"아니. 정식 직원이야. 승선 카드 봤잖아."

"그럼 어떻게 이 길을 알아?"

"내가 알려줬으니까… 아마도."

아누타는 대답을 주저했다.

"너랑 무슨 관계인데?"

"아무 사이도 아냐. 서로 이름도 몰랐어."

그때, 어디선가 노랫소리가 들렸다. 이곳에서는 작게 들리지만 꽤 큰 목소리인 것 같았다. 몇 층인지는 정확히 모르겠으나 위층에서 들리는 것은 분명했다.

"정말 처음 듣는 노래야?"

그녀는 대답 대신 어깨를 으쓱했다. 하지만 충담은 그녀의 표정에서 잠깐이지만 당황한 기색이 스쳐 지나간 것을 포착했다. 그녀는 모르지 않아. 그냥 모른 척하고 있을 뿐이다. 하지만 추궁보다는 소리를 쫓는 게 급했다. 충담은 연구소 밖으로 뛰어나갔지만 그녀는 서서 잠시 망설였다. 그가 뒤를 돌아보며 외쳤다.

"지름길을 안내해줘."

그들은 새도 크루 길을 통해 위로 뛰어 올라갔다. 철판 바닥이 귀가 아플 정도로 금속음을 냈다. 그가 EPS실을 나왔을 땐, 복도엔 노래는커녕 인기척 하나 들리지 않았다. 2층 복도였다. 충담이 지도를 확인하며 말했다.

"나눠서 찾아보자."

"내가 왼쪽을 맡을게."

그녀는 복도 반대편으로 사라져갔다.

충담은 걸음을 옮기며 생각했다. 오르카호에 오를 때에는 두 가지 생각뿐이었다. 기파 선생님을 모시고 나와, 우주선을 타고 지구로 간다. 하지만 지금 이 상황은 무엇인가? 기파는 구조를 거부하며 도망쳐버리고, 생각지도 못했던 생존자는 알 수 없는 말만 지껄이고 있었다.

기파 선생님이 다시 의무실로 돌아왔을까? 도망치면서 노래는 왜 부르는 거지? 머리가 지끈지끈 아팠다. 또 노래가 들릴까 싶어 온 정신을 청각에 집중했지만 사방이 고요했다. 그가 포기하려는 무렵, 작은 금속 조각들이 가볍게 부딪히는 소리가 들려왔다. 은빛 파도가 복도 전체를 빼곡하게 덮은 채 충담 쪽으로 이동하고 있었다. 그는 파도가 이동하는 방향으로 내달렸다. 그러나 얼마 안 있어 따라잡혔고, 은빛 파도는 그의 몸 전체를 덮어버렸다. 파도 속에서 그는 작은 금속 입자가 자신이 입고 있는 옷 섬유 한 올 한 올에 붙었다 떨어지는 것을 느꼈다. 그것들은 충담에게 아무런 해도 입히지 않고 그대로 통과해버렸다. 그는 파도가 어디로 가는지 살폈다. 무슨 일이길래 이렇게 한꺼번에 움직이는 거지. 일부러 어지럽힐 사람도 없을 텐데. 혹시 기파 선생님? 어쩌면 실마리를 잡을 만한 단서가 있을지도 몰랐다. 그는 무작정 은빛 파도를 따라갔다. 파도는 식물원 입구를 지나 안쪽으로 유유히 사라져갔다.

충담은 심호흡을 하고 안으로 들어갔다. 선내에 은은하게 퍼져 있는 장미 향이 이곳에서만은 느껴지지 않았다. 살아 있는 푸른 잎 식물의 싱그러운 향기가 온몸을 휘감았다. 손전등 불빛을 받은 풀과 꽃의 그림자가 벽 위로 길게 드리웠다.

식물원 한가운데에는 거대한 나무가 떡 버티고 서 있었다. 나무 기둥은 충담의 두 팔로도 잡히지 않을 정도로 굵었다. 잎은 군데군데 말라붙어 있었지만 새로운 잎사귀도 자라고 있었다. 아무도 돌보지 않았을 텐데도 꽃이 피어 있었고 이끼는 바닥을 짙은 초록색으로 덮고 있었다. 몸을 숙여 식물들을 살펴보았다. 빛이 차단된 곳이라면 식물이 자라기 힘든데, 유전자 변형이 된 특수 식물인지 어둠 속에서도 싱싱하게 자라고 있었다. 흙 밖으로 나와 있는 굵직한 나무뿌리들도 있어서 넘어지지 않게 조심해야 할 정도였다.

흙은 곳곳마다 습기를 머금은 정도가 달랐다. 단단한 곳도 있었고, 발목에 무리가 가지 않을 정도로 촉촉하고 부드러운 곳도 있었다. 이제 나가야겠다고 생각한 순간, 충담의 한쪽 발이 쑥 빠졌다. 진흙탕에 빠진 것 같았다. 그는 중심을 잃고 넘어졌다. 한 손으로 흙을 부여잡고 몸을 일으키려는데, 감촉이 좀 이상했다. 흙 사이에 부드럽고 꽤 굵은 넝쿨이 잡혔다. 그는 넝쿨을 잡아 땅 위로 쑥 들어 올렸다. 그는 기겁하며 들고 있던 것을 내던졌다. 그것은 식물 넝쿨이 아니라 사람의 손이었다. 손은 팔목이 절단돼 있었고, 부패가 많이 진행된 상태였다. 가까스로 일어난 그는 칼로 흙을 뒤져보았다. 잘게 잘린 손가락, 발가락, 코와 귀들이 나타났다. 한때 옷이었을 천 조각들이 흙에 뒤범벅돼 있었다. 넓적다리와 등뼈, 썩어가는 얼굴도 보였다.

그는 주위를 둘러보았다. 한구석에서 작은 금속들이 부딪치는 소리가 났다. 은빛 파도가 충담 쪽으로 밀려왔다. 파도 위에는 시신 한 구가 있었다. 금속 입자들이 움직이며 시신의 관절 부분을 잘라 토막을 냈다. 파도가 흙에 다다르자 은색 입자 3분의 1이 흙을 재빨리 헤쳤고, 나머지는 시신을 흙에 묻었다.

충담은 자리에서 일어나 식물원에서 달아났다. 은빛 파도가 선내 청소나 정리뿐 아니라 시체 처리까지 담당하고 있었다. 살아 있는 자신에게 상해를 입히지 않았고, 주변 기물을 고장 내지 않는 것으로 보아 죽은 생물만을 인식하고 매장하는 듯했다. 전력이 끊긴 상황에서 시체를 매장하기 가장 적합한 곳이 식물원이라고 판단한 건가. 그는 숨을 몰아쉬며 진정하려고 노력했지만 은빛 파도가 시신을 잘라내고 흙을 헤치는 이미지가 쉬이 사라지지 않았다.

이언이 사고 초기에 죽었다면 파도가 처리하기 이전에, 누군가 죽은 그를 거둬주지 않았을까? 어쩌면, 기파 선생님이 거두진 않았을까? 충담은 시체 안치실을 떠올렸다. 흙 묻은 손으로 설계도를 다시 살폈다. 시체 안치실은 의무실 왼쪽 복도 제일 깊숙한 곳에 있었다.

시체 안치실은 엔진 돌아가는 소리만 조그맣게 날 뿐이었다. 10개가 넘는 시체 저장고 금속 벽면에는 아무것도 쓰여 있지 않았다. 저장고 윗부분의 초록색 램프 불빛이 희미하게 점멸하고 있었다. 손잡이를 잡고 제일 가까운 저장고를 열었다. 이미 심하게 부패한 시체 한 구가 눈을 반쯤 뜬 채로 누워 있었다. 토막 나지 않은 온전한 형태인 것으로 보아 은빛 파도가 이 시신까지는 건들지 못한 모양이었다. 그는 문을 도로 닫았다. 그리고 다른 저장고들도 차례로 열었다.

충담은 이마에 맺힌 땀을 손으로 닦았다. 붕대를 감은 어깨가 욱신거렸다. 마지막 저장고만을 앞두고 있었다. 그는 두 손을 손잡이에 얹고 심호흡했다. 그리고 힘을 주어 손잡이를 잡아당겼다. 묵직한 감각이 느껴졌다. 그는 어두운 저장고 내부를 손전등 빛으로 환하게 비추었다.

11.『기파 평전』, 미래출판사, 2071, pp. 199-204.

끝없이 교신을 시도하다

기파는 쉬지 않고 환자들을 돌보았다. 생존자는 50명가량이었다. 소행성 충돌 당시 멀쩡하게 살아남은 사람들도, 크게 다쳤지만 기적적으로 회복 중이던 사람들도, 전부 바이러스에 감염되었다. 기파는 이들 사이를 오가며 최대한 치료에 전념했다. 감염자 모두가 눈이 멀었기에 제대로 된 식사를 할 수도, 용변을 해결할 수도 없었다. 그는 사람들의 상태가 점점 나빠지는 것을 두고 볼 수밖에 없었다.

환자를 돌볼 사람은 오직 그뿐이었다. 환자들과 접촉이 가장 잦았으나, 자신도 의아하게 여길 만큼 그 혼자서만 감염 징후를 보이지 않았다. 자신이라도 환자를 돌볼 수 있다는 건 불행 중

다행이었지만, 어쨌든 이 많은 사람을 감당하기에 혼자서는 역부족이었다. 식사를 비롯한 여러 편의를 돌보느라 치료 방법을 강구할 여력이 없다는 것도 문제였다. 이대로는 가망이 없다는 것을 잘 알고 있었으나 자신의 손길을 기다리는 환자를 내버려 둘 순 없었다.

그가 보살피는 이들 중 가장 상태가 양호한 건 크게 다치지 않은 바이러스 감염자들이었는데, 그중 감염 속도가 더딘 여자 승무원이 1명 있었다. 그녀는 교신 담당자로, 유일하게 거동과 대화가 가능했다. 그래도 절대안정을 취해야 하는 건 마찬가지 였는데도, 틈만 나면 교신실에 갔다. 돌아오라고 해도 막무가내 였으며, 교신에 성공할 때까지 눕지 않겠다는 그녀의 고집을 기파도 꺾을 수 없었다.

그는 항상 교신실로 식사를 두고 갔다. 또한, 눈이 보이지 않는 그녀를 위해 모니터에 적혀 있는 수식과 이미지를 자세히 설명해주었다. 그러면 그녀는 능숙하게 버튼을 눌러 교신 위치를 잡았다. 눈이 먼 뒤로 청력까지 잃어가고 있었지만, 그녀의 손은 막힘이 없었다.

간절한 기도에 신이 응답한 것인지, 기적적으로 교신이 성공 했다. 그녀는 떨리는 목소리로 지구에 상황을 전했다.

"저는 교신 담당 승무원입니다. 교신 기계도 작동만 겨우 되는 상태입니다. 언제 또 고장 날지 모릅니다. 예상치 못한 소행성 충돌 사고가 있었어요…"

　말하는 도중 교신이 끊겨버렸지만 그 내용만이라도 지구에 전달되기를 그들은 빌고 또 빌었다. 기파는 계속 생존자를 찾아 나섰다. 자신의 도움이 필요한 곳이라면 어디라도 갔다. 그는 살아 있었다. 생이 허락하는 한 언제까지고 사람들에게 도움의 손길을 내밀 사람이었다.

12. 랑데부

아누타는 오르카에 승선하기 전, 지방 소도시에서 아버지와
함께 가상 체험 상영관을 운영했다. 그녀는 자신이 사는 도시가
지긋지긋하다고 버릇처럼 되뇌었다. 길거리에 로봇과 사람이
어지러이 뒤섞인 이곳은 하루도 조용할 날이 없었다. 그녀는 영
상기사로서 자부심을 가지고 있었고, 사람들에게도 지금의 삶
에 만족한다고 말하곤 했다. 하지만 마음 깊은 곳에선, 생체 안
구를 가지고 싶었다. 가끔씩 해상도 오류를 일으키는 건 차치하
더라도, 기계 의안을 낀 모습을 숨겨야만 했기 때문이었다. 사
람들 앞에 서는 건 늘 아버지의 몫이었다. 그녀도 사람들 앞에
당당히 나서고 싶었다. 나아가 이런 조그마한 소도시를 떠나 더
큰 세계로 나가고 싶었다. 골드서클사는 그런 그녀의 욕망을 바

로 알아보았다.

골드서클사와 연을 맺은 것은 아주 우연한 기회였다. 까만 정장을 말끔하게 차려입은 중년 여성이 그녀와 아버지의 영상체험관을 찾아왔다. 그녀는 아누타가 만든 영상을 체험한 후, 자리에서 일어나자마자 그녀의 아버지에게 영상을 만든 사람이 당신이냐고 물었다.

그는 그녀에게 아누타를 소개했다. 그녀는 빙긋 웃은 후, 둘이서 이야기할 자리를 만들어주지 않겠느냐고 했다. 마침내 둘만 남게 되었을 때, 그녀가 아누타에게 말을 걸었다.

"당신은 이런 곳에 있기에는 아까운 인재예요. 가상 공간을 불러오고, 고객의 취향에 맞게 경로를 설정하고, 청각과 후각뿐만 아니라 촉각까지 신속하게 재생해내는 그 순발력은 대도시, 아니 해외의 누구와 견주어도 손색이 없네요. 솔직히 이런 작은 도시에 찾아올 때까지만 해도 기대도 안 했죠. 그런데 당신을 만났네요."

그녀는 명함 한 장을 내밀었다. 골드서클사의 '우주크루즈 디렉터'라고 적혀 있었다.

"오르카호의 영상기사로 당신을 스카우트하고 싶습니다. 아누타 씨."

은빛이 감돌도록 마감 처리한 흰 벽과 거대한 통유리는 골드
서클사가 아무나 들어올 수 없는 곳이라고 말하는 듯했다. 광택
나는 바닥을 한발 한발 내딛으며, 그녀는 과연 자신이 이곳에
있어도 되나 싶어 부담스러웠다. 골드서클사의 로고인 황금색
링은 직원들의 유니폼에, 기계에, 엘리베이터 벽면에, 심지어는
펜과 메모지에도 그려져 있었다.

아누타는 사방이 투명한 엘리베이터를 타고 인사담당실로 향
했다. 엘리베이터 문 위쪽에는 작은 모니터 화면이 있었는데,
쉴 새 없이 광고 영상이 재생되고 있었다. 영상 속에서 승무원
들이 복도 양옆에 일렬로 서서 환한 표정으로 인사를 하고 있었
다. 아누타는 그 광고가 끝나고 슬로건이 흘러나올 때까지 한참
이나 멍하니 화면을 보고 있었다.

완벽한 인간 승무원이 서비스를 책임집니다.

아누타는 '완벽한'이라는 단어에 인상을 찌푸렸다. 완벽한 승
무원이라는 건 최소한 겉으로 보기에 사이보그가 아닌 자를 일
컫는 말일 터였다.

인사담당실의 크루즈 디렉터는 책상을 사이에 두고 아누타의
얼굴을 찬찬히 뜯어보았다. 이렇게 노골적인 시선을 받는다고

해서 새삼스러운 것도 없었다. 그녀를 처음 보는 사람들은 대부분 경멸의 눈으로 쳐다보거나 깜짝 놀라기 마련이었다. 하지만 크루즈 디렉터의 눈빛은 달랐다. 그녀는 여유 만만한 웃음을 지으면서도, 예리한 눈으로 보이지 않는 부분까지 꿰뚫어 보는 사람이었다. 그녀가 물었다.

"눈은 왜 그렇게 됐죠?"

"어릴 때 사고를 당했어요."

크루즈 디렉터는 고개를 끄덕였다. 아누타가 말했다.

"계약서에 서명하려고 온 건 아니에요. 어떤 회사인지 궁금해서 방문한 거죠."

"그래요. 서로 탐색할 시간이 필요하니까요. 저희도 계약에 앞서 긴히 요청할 특별 사항이 있습니다. 수용하기 어려우시다면 돌아가셔도 무방합니다."

"특별 사항이라뇨?"

"우리의 슬로건을 보셨나요?"

아누타가 입을 열었다.

"'완벽한 인간 승무원이 서비스를 책임집니다'요."

"역시 눈썰미가 좋군요. 생각해보세요. 광고에서 인사하는 유니폼 입은 승무원들 기억하죠? 그 사람들만으로 승객 전부를 관리할 수 있을까요? 그것도 2년씩이나? 절대 불가능합니다.

손님을 응대하는 프런트 데스크와 화려한 유흥가에만 사람이 필요한 게 아닙니다. 쓰레기장, 하수처리장, 물류창고, 기계실에도 사람들이 필요하죠. 우리는 보이지 않는 곳에서 일할 '섀도 크루'를 구하고 있습니다. 당신에게 섀도 크루 일을 제안합니다."

"일반 승무원들하곤 뭐가 다르죠?"

"승객들의 눈에 띄어선 안 돼요. 명칭 그대로, 그림자같이 행동해야 하죠. 들키면 징계를 받을 뿐 아니라 손해배상도 청구될 거예요. 야간에만 제한적으로 선내를 돌아다닐 수 있습니다. 물론 제어실에 계속 있어도 됩니다. 작업실에는 작은 간이침대도, 얼마간 먹을 식량도 갖춰져 있거든요. 외출을 자제하는 걸 권장하긴 합니다."

"이제 알겠어요. 그래서 저 같은 사람을 뽑는 거군요?"

"부정하지는 않겠어요. 하지만 섀도 크루도 두 부류로 나뉩니다. 당신처럼 몸이 온전하지는 않지만, 해당 분야에서 최고 전문가 집단과 나머지 집단. 당신은 그래도 핵심인력이에요. 그러니까 이렇게 스카우트하려고 하는 거죠."

"그러면 나머지는요?"

"애석하게도 나머지는… 인건비를 줄이기 위해 고용하는 값싼 인력일 뿐입니다. 하지만 당신께는 섭섭하지 않게 드리죠. 상여금은 당연히 챙겨드리고요."

골드서클사는 지금까지 이런 식으로 일을 해온 것인가. 말문이 막혔다. '온전한'이라는 단어가 내내 마음에 걸렸다. 하지만 액수를 듣는 순간, 그녀는 생체 안구를 떠올릴 수밖에 없었다. 그녀가 주저하자, 크루즈 디렉터는 책상 위 서류들을 구석으로 치우더니 책상 다리에 붙어 있는 작은 버튼을 눌렀다. 그러자 책상 전체가 환한 빛을 발하며 터치스크린 화면으로 변했다. 크루즈 디렉터는 손을 움직여 동영상 하나를 재생했다.

"덤으로 이런 것도 볼 수 있죠."

지구 밖에서 본 극지방의 오로라, 달 우주정거장, 붉고 아름다운 화성과 우주를 가로지르는 혜성이 나타났다. 그녀는 뒤통수라도 얻어맞은 것처럼 머리가 얼얼했다. 손에 잡힐 듯이 선명한 광경이었다. 그녀가 잠을 자고 길을 걷는 동안에도 우주 어딘가에서 이 풍경이 벌어지고 있다고 생각하니, 너무 많은 것을 놓치고 있다는 생각에 무척 안타까웠다.

그래, 지구에 있어도 몸을 숨기고 있는 건 똑같은걸. 내 일을 할 수 있고, 여태까지 한 번도 구경하지 못했던 우주도 감상하고. 무엇보다도 생체 안구도 살 수 있다. 아누타의 표정을 보고 크루즈 디렉터는 올라가는 입꼬리를 숨기지 않았다.

아누타가 골드서클사의 제안에 관해 말했을 때, 아버지는 반대했지만 그녀가 떠나는 걸 잡지 못했다. 그녀는 지구를 떠났다.

지구에서 오르카호 광고를 시작한 이래, 사람들은 온전한 인간 승무원만으로 구성된 크루즈선에 탑승하는 것이야말로 자신의 부유함을 과시하는 가장 확실한 방법이라고 생각했다.

승선 요금은 객실 등급에 따라 나누어졌다. 1, 2, 3등급은 각각 방 크기가 달랐고, 사용 가능한 시설도, 프로그램 체험 시간대도 달랐다. 3등급 객실 이용자는 특정 레스토랑에서, 특정시간에 가야만 저녁을 먹을 수 있지만, 1등급 객실의 이용자는 오르카호에 있는 모든 레스토랑을 예약 없이 언제든지 즐길 수있었다.

진짜 부자들은 선뜻 요금을 지불했고, 부자인 척하는 사람들은 빚을 내서라도 탑승했다. 그리고 순수하게 우주에 가고 싶은 사람들은 인생을 걸어 오르카호에 입성했다.

표면적으로 보이는 서비스는 준수한 외양을 가진 인간 승무원이 맡았다. 대량생산된, 값싸고 외형이 동일한 로봇들은 은빛 파도로 대체되었다. 일부러 쫓지 않는 한 파도와 승객이 만날 일은 거의 없었는데, 만났더라도 로봇이라고 생각하지 못했을 것이었다. 파도는 야간에 복도를 닦고 쓰러진 물건을 정리했다. 귀를 기울이지 않는다면 들리지 않을 작은 소음만 냈고, 어둠 속에서만 전진했다. 하지만 아누타의 자유 시간과 파도가 움직이는 시간은 일치했기에 그녀는 파도를 자주 목격했다.

오르카호가 지구에서 멀어질수록 사람들은 지구를 더욱더 그리워했고, 익숙한 것에 대한 집착이 심해졌다. 창문가에 모여 밖을 내다보던 사람들은 사라졌다. 여행 초반에 예약조차 힘들었던 레스토랑 창가 자리는 인기가 시들해졌고, 다른 사람들 눈에 잘 띄지 않고 밖이 내려다보이지 않는 구석 자리의 인기가 높아졌다. 승무원과 정면으로 마주 볼 수 있는 스탠드바 자리도 마찬가지였다. 또한 '우주'라는 테마와 전혀 상관없는 것이 인기를 끌기 시작했다. 지구에서 유행하는 요리를 맛보거나 창에 커튼을 치고 진행되는 선상 무도회, 바흐 콘서트, 영화 감상실, 가상 체험 영상실, 3D 프린터실에서 지구 물건을 상상만으로 불러오는 체험 등이었다. 골드서클사는 승객들이 흥미를 잃지 않도록 수많은 이벤트를 준비했다.

시간이 지나자 승객들은 욕구에 충실해졌다. 정식 도박 판돈의 수십 배에 달하는 불법 도박이 성행하였고, 밀실에서의 향락 파티가 연이어 벌어졌다. 스포츠 스타디움에서 진행되는 복싱은 한쪽이 죽도록 다쳐야만 끝나는 피의 축제가 되었다. 강간과 성추행 등 범죄가 끊이지 않았고, 싸움도 빈번하게 일어났을 뿐만 아니라 급기야는 치정 싸움으로 목숨을 잃기도 했다. 우울증에 시달려 자살하거나, 자해하지 않더라도 겨울잠을 자듯이 깊은 잠에 빠져들어 한동안 일어나지 않는 사람들도 있었다.

아누타는 제어실에서 일만 하는 게 아니라 숙식까지도 해결했으며 야간에만 밖을 구경하는 생활에도 큰 불만은 없었다. 돌아다닐 수 있는 건 밤 시간으로 한정돼 있었지만. 우주를 보며 탄성을 지르기엔 충분한 시간이었다.

선내 응접실은 진짜 불이 켜지는 난로를 가지고 있었다. 난롯불은 응접실 폐장 시간 이후 1시간 정도 더 타오르다 꺼지곤 해서 아누타도 감상할 시간이 충분했다. 타오르는 불길은 마음마저 따뜻하게 만들었다.

그녀는 식물원도 좋아했다. 그곳은 휴관일 없이 항상 개방돼 있었으며, 지구와 완전히 헤어지지 않았다는 느낌을 주었다. 삼림욕에 여러 가지 의학적인 효과가 있다지만 그녀로선 잘 느껴지지 않았다. 그저 식물이 내뿜는 싱그러운 향기, 기분 좋은 습기가 좋았을 뿐이었다.

단연 최고는 창밖 감상이었다. 그녀는 불 꺼진 복도를 걸으며 창밖의 우주를 내다보았다. 크루즈 디렉터가 보여준 영상과 달리 대부분은 암흑뿐인 모습이었지만 별이 없는 암흑마저도 그녀의 상상력을 자극하기엔 충분했다. 새도 크루 전용 승선 카드는 복도 키오스크와 반응하여 카드 소지자가 움직임이 있어도 자동으로 광고가 나오는 것을 막아두었다. 그래서 그들은 더욱 조용히 걸어 다닐 수 있었다.

새도 크루들의 경우, 모임이나 노동조합이 전무했다. 그렇다 보니 누가 새도 크루로 일하고 있는지조차 알지 못했다. 그저 가끔 야간에 창밖을 쳐다보고 있거나, 얼굴에 큰 화상을 입었거나 기계 의족이나 의수를 달고 있다든지 하면 새도 크루라는 것을 짐작할 뿐이었다. 아누타가 새도 크루로 짐작되는 사람을 가만히 응시하면 상대도 말없이 그녀를 쳐다보았다. 그럴 때마다 아누타는 조금이나마 자신이 혼자가 아님을 느꼈다.

그녀는 이따금 골드서클사에서 보았던 광고를 떠올렸다. 특히나 그 문장이 머리에서 떠나가지 않았다. '완벽한 인간 승무원이 당신의 생활을 책임집니다.' 골드서클사는 거짓말을 하고 있었다. 완벽한 인간 승무원? 아마 승객들은 내 얼굴을 보면 기겁을 할 테지. 기계 의안 자체는 죄가 없었다. 오히려 죄를 물어야 할 건 그녀를 노골적으로 쳐다보는 사람들의 시선이었다. 그녀는 사람들의 시선이 참을 수 없을 만큼 싫었지만 달리 어찌할 방법이 있는 건 아니었다. 그런 차별적인 시선에 맞설 용기도, 의욕도 그녀에겐 없었다.

그저 돈을 많이 벌고 싶었다. 그래야 생체 안구 이식을 받을 수 있을 테니까. 차별적인 시선에 편승하는 듯해 마음이 불편하긴 했으나, 그래도 불완전한 인간으로 낙인찍힌 삶을 살고 싶지 않았다. 그녀는 마음속으로 되뇌었다. 안구 이식을 받든 받지 않든 나는 나라고.

그녀가 제일 좋아하는 감상 장소는 2층에 있는 작은 광장이었다. 계단을 올라와 길게 뻗어 있는 흰 복도를 지나면 천장이 높은 광장이 있었다. 사람들이 찾아오기에는 구석진 곳에 있었으며 규모도 작았다. 벽 한 면이 투명한 창으로 되어 있었는데, 창틀과 이음매가 밝은색 스테인드글라스로 장식되어 있어 거대한 신전처럼 느껴졌다. 이곳에 오면 안정감이 들었다. 밖은 온통 까맸지만 먼 곳에서 반짝이는 우주선 점멸등과 이따금 찾아오는 혜성은 즐거움을 주기에 충분했다.

승객들이 선내 생활에 권태감을 느낄 무렵이었다. 아누타는 여느 때처럼 광장에서 우주를 감상하고 있었다. 창 너머 광경에 온통 정신을 뺏긴 탓에 주변 인기척을 느끼지 못했던 그녀는, 갑작스러운 충격을 입고선 그대로 바닥에 널브러졌다. 극심한 통증에 정신이 없는 사이 환한 빛이 그녀의 얼굴을 비추었다.

"드디어 찾았다!"

막 변성기가 찾아온 소년의 목소리였다. 설마 사람을 맞닥뜨릴 줄은 예상치 못했다. 그녀는 한쪽 팔로 눈을 가렸다. 눈이 부셔서 제대로 볼 수 없었지만 덩치 큰 소년이 성취감에 젖은 눈빛으로 그녀를 내려다보고 있었다. 그는 어디서 가져왔는지 모를 기다란 나무 막대기를 쥐고 있었다. 보통 아누타의 얼굴을 보는 사람들은 그녀의 눈을 보고 놀라기 일쑤였으며, 도망가는 정도는 아니더라도 머뭇거리거나 당황하는 기색이 역력했다. 하지만 소년은 오히려 즐거워하고 있었다.

아누타는 등을 움직여보았다. 다행히도 뼈를 다치거나 살이 찢어지지는 않은 듯했다. 얼굴을 잔뜩 구기고 몸을 일으키는 그녀의 모습을 소년은 히죽대며 바라보았다. 그녀가 욕을 퍼부으려는 순간, 소년이 자신만만하게 말했다.

"너, 로봇이지? 내가 이겼어. 내가 승리자야!"

"뭐? 로봇?"

"아닌 척하기는. '인간이 아닌 승무원 찾아라' 몰라?"

'인간이 아닌 승무원을 찾아라'는 또 뭐야? 아누타는 불현듯 선실 이벤트를 떠올렸다. 아니, 아무리 그렇다고 다짜고짜 몽둥이를 휘둘러?

"멍청아, 잘못 봤어."

그는 어리둥절해하며 아누타에게 가까이 왔다. 그녀의 얼굴을 확인한 그는 혀를 비죽 내밀더니 토할 것 같은 표정을 지었다.

"뭘 잘못 봐? 사람인데 눈이 어떻게 그래?"

아누타가 말했다.

"때린 건 넘어가줄 테니까, 날 봤다고 말하지 마."

"싫어. 괴물을 발견했으면 신고를 해야지."

어째서 징계는 남의 일이라고 생각했을까. 나는 이제 어떻게 되는 걸까. 아무 이유 없이 얻어맞았을 뿐 아니라, 징계에, 손해 배상까지 물어야 한다니. 그저 나는 창 너머를 바라보고 있었을 뿐인데. 자신이 무얼 잘못했냐고, 이건 부당하다고 쏘아붙이고 싶었지만, 걱정 때문에 눈앞이 막막했다.

소년은 으스대며 아누타에게 더 가까이 다가갔다. 그녀는 눈을 똑바로 뜨고 그를 응시했으나, 징계를 받을지도 모른다는 두려움에 마음이 점점 약해졌다. 그때, 어둠 속에서 흰 가운을 입은 남자가 모습을 드러냈다.

"지금은 출입 제한 시간입니다. 불이행 시 제재를 받으실 수 있습니다."

남자는 정중함을 잃지 않고 소년에게 이야기했다. 아까 전부터 상황을 계속 지켜본 듯했다. 소년은 심드렁하게 손목 밴드 스위치를 눌러 3차원 지도를 실행시켰고, 지도에 나타난 복도에 가위표를 그리고선 다시 껐다. 쳇. 소년은 반대편 복도로 사라졌다.

아누타는 이런 불합리한 상황에 제대로 맞서지 못한 사실에 자신에게 화가 치밀었다. 남자가 그녀에게 다가왔다. 의무실 의사인 듯했다. 그는 젊었으며, 자세는 늠름하고 단정했다.

"이 시간에 무슨 일로?"

아누타가 퉁명스럽게 물었다. 괜한 화풀이였다.

"우주에 나왔으니 바깥 구경도 하고 싶어서요. 한적하고 조용한 장소를 찾다 보니 오게 되었습니다."

"아까부터 저기 숨어서 보고 있던 거 아냐?"

"훔쳐보려던 건 아니었습니다만… 본의 아니게 그렇게 됐군요. 죄송합니다. 어쨌든 저 손님은 당신에게 두 번 다시 시비 걸지 않을 겁니다."

"왜 그렇게 생각하지?"

"저런 무례하고 어린 손님은 자기보다 나이가 훨씬 많은 어른한테 혼나는 걸 극도로 싫어하니까요. 자기가 함부로 대한 사람 앞에서는 특히요."

자신을 나이 많은 어른이라고 지칭하는 말에 잠시 심기가 뒤틀렸지만 고마운 마음이 들지 않는 것은 아니었다.

"지금까지 이곳에 있으면서 느낀 감상입니다. 이곳은 보이는 것에만 온 신경을 쏟는, 겉치장만으로 상대를 어떻게 대할지 파악하는 사람들로 넘쳐납니다. 방금 저 손님도 제 겉모습이 지금과 같지 않았다면 수긍하지 않았을 겁니다."

아누타가 그를 말없이 바라보자 그가 입을 열었다.

"제가 괜한 이야기를 꺼냈네요. 사과드리겠습니다."

자신이 잘난 것을 잘 알고 있는 그가 짜증 났지만, 그녀 앞에서 놀라거나 경멸하는 기색이 없다는 점은 꽤 놀라웠다. 대부분은 그녀의 눈을 보고는 동정 어린 시선을 보내거나 역겹다는 듯 눈을 흘겼다. 일부 예의 바른 사람이라도 당혹감을 감추지 못했다. 정식 승무원은 새도 크루와 친해지려 하지 않았고, 그중에서도 그녀와 친해지려는 승무원은 없었다. 하지만 그는 달랐다.

그 사건을 계기로 그들은 얼굴을 익혔고, 또다시 만났다. 그들은 서로에 관해 딱히 캐묻지 않았다. 수다를 떨지도 않고 나란히 밖을 내다보다가 하고 싶은 말이 있으면 한마디씩 주고받고 헤어지는 식이었다. 오히려 이름을 몰랐기 때문에 그들은 여러 가지 이야기를 자연스럽게 내뱉을 수 있었다. 주로 그가 물으면 아누타가 대답했다.

"여기 오기 전에는 어디에서 살았습니까?"

아누타가 그 질문에 입을 열었다.

"그렇게 살기 좋다고 자랑할 만한 곳은 아니었어."

그녀는 그를 바라보았다. 이런 시시한 얘기를 정말 듣고 싶어 물은 것인지 의아했지만, 그의 눈빛은 진심인 듯 느껴져서 이야기할 수밖에 없었다. 왜 보잘것없는 나의 도시에 관해 이야기해 달라고 하는 걸까. 그녀는 이렇게 생각하면서도 이야기를 시작했다.

"정말이지 별로인 동네야. 출근하려고 문을 열면 아침부터 잔뜩 취한 남편 등을 떠밀며 욕을 퍼붓는 옆집 아줌마가 보여. 로봇에게 일자리를 잃었다며 시위하는 사람들은 발에 챌 정도고, 죄 없는 쓰레기 처리 로봇에게 괜히 돌을 던지는 사람들도 있어. 아무리 청소해도 때가 지워지지 않는 길거리와 사람들의 경멸에 찬 시선도 생생하게 느껴져. 내게 시비를 건 녀석들을 연행해 가는 경찰보조 로봇, 범죄로 연행되는 사람들, 뭐 그런 게 우리 동네지. 점심시간이 끝날 무렵 마지막 담배를 피우는 사람들, 사람 하나 없는 무인 계산대. 그 와중에도 맑게 갠 하늘도 종종 보이지. 하늘은 평화롭고 땅은 어지러워. 새벽에 핀 나팔꽃, 새로 생긴 멋진 가게가 기억나. 일이 끝나고 몰래 마시는 맥주는 최고지. 체험실 벽 너머로 들리는 사람들의 감탄과 칭찬도."

그는 턱을 문지르며 후후 웃었다.

"지긋지긋하다고 하더니, 그러면서도 은근히 그리워하고 있군요?"

"글쎄, 왜 그런지 모르겠어. 이상해. 기회만 생기면 언제든지 떠나고 싶은 도시였는데. 눈을 고치고 그곳을 탈출하고 싶어서 여기 일을 수락한 건데 말이야. 그런데 잠을 자려고 누우면 자꾸 생각이 난단 말이야. 사람들은 날 무시했고, 동급으로 취급조차 하지 않았는데. 좋은 순간은 아주 찰나였는데, 지금은 마치 그 기억이 인생의 전부인 것처럼 느껴져. 지나간 일이니까

달콤하게 느껴지는 거겠지만."

"당신은 그곳에 애착이 있는 듯 보입니다."

아누타는 픽 웃었고 그는 고개를 저었다.

"당신이 하시는 일은 세상에 애정 없이는 불가능한 일이 아닙니까. 언젠가 한번 당신 동네에 가보고 싶습니다."

그녀는 그가 부유한 동네 출신이라서, 낯설고 보잘것없는 동네를 흥미로워하는 거로 생각했다.

그는 구체적으로 업무에 관해 언급하지는 않았지만, 자신이 의무실과 지하의 어떤 시설에서 일하고 있다고 했고, 이따금 업무의 고단함을 토로하기도 했다. 그녀는 의무실에서 지하로 가야 하는 그에게 섀도 크루들이 사용하는 지름길을 알려주었다.

그들에게는 약속이라는 게 없었다. 한쪽이 며칠 동안, 혹은 일주일 동안 나오지 않은 적도 있었다. 하지만 서운해하지 않았다. 바쁜가 보다 생각할 뿐이었다.

남자가 별을 보러 나오지 않는 날에도 아누타는 꾸준히 광장으로 왔다. 혼자 하는 감상도 나쁘지 않았다. 하지만 이따금 창밖에 특별한 광경이 펼쳐지면, 그가 오지 않을까 싶어 복도 쪽을 내다보곤 했다.

혼자가 된 아누타는 손전등으로 복도 이곳저곳을 비추며 전진했다. 층담과 오른쪽 복도로 가지 않아 다행이라고 생각했다. 그쪽은 마주하고 싶지 않았다. 복도 양옆의 방은 모두 닫혀 있었다. 정신없이 걷다 정신을 차렸을 때 그녀는 작은 광장으로 향하고 있었다. 몸이 장소를 기억하고 있었다.

그녀는 제어실에서 빠져나온 이후, 딱 한 번 이곳에 와본 적이 있었다. 예전과 같은 편안함이나 아늑함은 없었고, 다른 곳과 마찬가지로 어둠과 정적 속에 잠겨 있었다. 하지만 지금은 달랐다. 흰 복도에 다다랐을 때, 그녀는 그곳에서 눈부시게 밝지는 않았지만 다채로운 색상의 빛이 흘러나오고 있음을 깨달았다. 회색, 푸른색, 검붉은 색 섬광이 복도 흰 벽을 물들이며 은은하게 일렁였다. 마치 다른 세상 같았다.

그곳은 미술관을 연상케 했다. 흰 벽을 스크린 삼아 영상이 영사되고 있었다. 벽 위에 투영된 영상은 쉴 새 없이 바뀌었다. 복도 중앙에는 한 손에 들어올 만한 삼각뿔 형태의 투명한 빔프로젝터가 일정한 간격으로 늘어서 있었다. 삼각뿔의 꼭짓점에서 영상을 그리는 빛이 뿜어져 나왔다.

아누타는 영상을 응시했다. 그것은 사람들의 행복한 순간을 그려내고 있었다. 그녀는 천천히 걸으며 다양한 색으로 일렁이는 벽을 보았다. 화면은 1인칭 시점이었다. 공항에서 꽃다발을 들고 기다리는 사람이 화면에 보였다. 카메라가 그 사람에게 가까워지자 그는 웃음을 지으며 가까이 다가와 포옹했다. 누군가의 기억처럼 보였다.

해 질 녘 바닷가에서 네다섯 살 된 꼬마 아이들 셋이 모래성을 쌓으며 놀고 있었다. 뒤에서 파도가 잔잔하게 부서지고 있었다. 혀를 내밀고 헥헥거리는 골든레트리버가 아이들 주변을 돌며 꼬리를 세차게 흔들었다. 태양이 아이들과 개의 온몸을 황금색으로 물들였다.

2명의 젊은 남녀가 호수 벤치에 앉아 있었다. 구름 한 점 없는 날씨로, 호수 저 멀리 수평선이 시작되는 지점에는 푸르른 산이 보였다. 여자는 남자의 어깨에 머리를 기댔다.

하얗게 머리가 센 할아버지와 할머니가 풀밭에 앉아 있었다. 딸들과 아들들이 그들 주변으로 모였다. 그다음에는 손자 손녀들이 웃으며 손가락으로 브이 자를 그렸다. 대가족이 사진을 찍으려고 준비하고 있는 것이었다. 낙엽이 지는 맑은 가을날이었다.

오랜만에 만난 옛 친구와 분위기 좋은 레스토랑에서 여유롭게 식사를 하고, 학교에서 다른 이들의 박수를 받으며 한 꼬마가 상을 타기도 했다. 놀이공원에서 소년과 소녀들이 깔깔거리며 놀이기구 쪽으로 뛰어갔다. 해바라기밭에서 밀짚모자를 맞춰 쓴 연인이 지평선을 향해 뛰어갔다. 생일 축하 왕관을 쓰고 케이크에 꽂힌 촛불을 끄는 여자아이도 있었다.

앞으로 한발을 내디딜 때마다 아누타 얼굴에 영상이 입혀졌다.

영상은 벽 위에서 살아 움직이고 있었다. 그녀는 각 영상 오른쪽 아래에 '변환'이라고 쓰여 있는 것을 확인했다. 아누타는 해당 영상의 출처를 알아차렸다. 가상 체험 장비로 구현한 영상을 평면 영상으로 재생한 것이었다.

그녀는 아까 병실에서 본 가상 체험 장비를 떠올렸다. 이 영상들은 가상 체험 장비로 만든 영상은 아니었다. 일반적으로 사용되는 극적 요소가 없었으며, 무엇보다도 감각 디테일 수준이 인간이 구현할 수 있는 수준을 넘어서 있었다. 어쩌면 의무실 병실 침대에 누워 있던 이의 기억일지도 모른다고 그녀는 생각했다.

그녀는 이 영상이 언제부터 시작되었을지 가늠해보았다. 자신이 아는 한 이곳을 아는 사람은 거의 없었다. 이언 정도려나. 하지만 그는 살아남지 못했을 텐데? 그렇다면 이건 누가 만든 거지?

저 멀리 노랫소리가 들렸다. 가사는 동일했지만 느린 박자였다. 그녀는 지금까지 저 소리를 애써 들리지 않은 척하며 피해 왔다. 하지만 이제는 피하지 않겠다고 생각했다.

그녀는 복도를 따라 소리가 나는 쪽으로 달렸다. 노랫소리가 가까워졌다. 문틀 위 방 명칭을 확인했다. 흡연실, 휴게실, 3D 프린터실 등이 차례로 나타났다. 소리는 사라졌다. 그녀는 손잡이를 돌려보았지만 전부 잠겨 있었다. 맨 마지막 3D 프린터실만이 손가락 한 마디만큼 열려 있었다.

프린터실은 처음 오는 곳이 아니었다. 가슴이 세차게 방망이질 쳤다. 다시 이곳에 올 거라고는 생각지도 못했는데. 확신이 서지 않았다. 두려웠다. 마음의 준비가 되지 않았지만 그렇다고 계속 주저할 순 없었다. 망설이던 사이에 진실이 사라져버릴 것 같았다. 그녀는 들고 있던 손전등을 끄고, 소리 나지 않게 문을 열어 안으로 들어갔다. 문의 잠금장치가 움직이며 경쾌한 멜로디와 함께 닫혔다. 모터 돌아가는 소음이 끊임없이 들려왔다. 잠금장치에서 나는 소리는 이 소음에 묻혀버린 듯싶었다.

여러 가지 화학약품 냄새가 혼합되어 코를 찔렀다. 소독약과 시너 비슷한 냄새였다. 캄캄한 어둠 속에서, 거대한 프린터가 그 모습을 드러냈다. 프린터는 천장까지 닿을 정도로 높았다. 8개의 크고 작은 모니터가 달린 앞면은 두 팔을 펼친 것보다 넓었으며, 4면에 각각 팔이 달려 있었다. 팔 끝에 달린 노즐이 출력물 위로 재료를 분사하고 있었다.

외벽에 부착된 램프가 붉은빛으로 점멸하고 있었다. 램프 불빛은 조금이나마 프린터실 내부를 파악하는 데 도움이 되었다.

바닥에 검붉은 액체가 쏟아진 상태로 말라붙어 있었다. 탁한 액체가 담긴 투명한 유리병이 한쪽에 보관되어 있었고, 승객들이 체험 시간에 만든 유리와 금속 조각이 선반과 작업 테이블 위에 전시되어 있었다. 개중에는 멀쩡한 게 거의 없었다.

프린터 앞에서 출력을 지켜보고 있는 기파의 뒷모습이 보였다. 그녀는 조심스럽게 손을 더듬어 벽을 찾았다. 탄력 있는 두꺼운 섬유가 손끝을 스쳤다. 손가락으로 섬유 사이를 헤집자, 비로소 벽이 만져졌다. 그녀는 섬유 사이를 비집고 벽에 가까이 붙었다. 출력이 다 끝난 것인지 기파의 구둣발 소리가 분주했다. 정확히 무얼 하고 있는지는 보이지 않았다.

아누타는 호흡을 가다듬으며 섬유를 만졌다. 소독약 냄새가 강하게 났으며 마지막에 희미하게 고무 냄새도 났다. 섬유는 어느 정도 탄성과 무게감이 있는 재질이었다. 매끄러운 면도 있었고 오돌토돌한 작은 돌기가 솟아 있는 부분도 있었다.

섬유는 행거에 걸린 옷처럼 갈고리에 하나씩 걸려 있었다. 하지만 옷이라고 하기엔 두꺼웠고, 접었다 펴면 탄력 있게 다시 제 상태로 복구되었다.

그녀는 잠시 막대를 내려놓고, 불빛이 옆으로 퍼지지 않도록, 한 손으로 손전등 앞부분을 동그랗게 감쌌다. 그리고 전원을 켜 섬유 가까이에 비췄다. 감촉이 낯설지 않았던 이유가 명확해졌다. 사람 형체를 본떠 만든 살가죽이었다. 전신 수영복 같기도, 등에 지퍼가 달린 원피스 같기도 한 그것은 머리카락과 얼굴, 목, 몸통, 팔다리까지 구현되어 있었다. 정수리에서부터 머리, 목 뒤, 등, 엉덩이 부분까지 반으로 절개돼 있었으며, 다시 엉덩이에서 절개선이 두 줄로 갈라져 허벅지와 종아리, 발꿈치까지 이어졌다.

그녀는 살가죽을 하나하나 살폈다. 살가죽은 총 20개였다. 맨 왼쪽 가죽은 사람이라기보다는 사람 피부로 만든 인형 탈처럼 보였다. 얼굴이 비정상적으로 부풀어 있었고 팔다리는 수도꼭지 호스보다 더 가늘었다.

열다섯 번째까지는 차마 눈 뜨고 볼 수 없을 정도였다. 얼굴은 사람 형상을 갖추었으나 자연스럽지 못했다. 손가락도 만들어지지 않았거나, 한쪽 다리가 비정상적으로 짧거나, 귀 한 짝이 너무 작거나 했다. 완벽함과 거리가 멀었다.

하지만 점점 사람에 가까워지고 있었다. 열여섯 번째부터 마지막 스무 번째 얼굴은 무서울 정도로 사람과 흡사했다. 3D 프린터로 만든 것이 아니라, 진짜 사람의 살가죽처럼 보일 정도였다. 그녀는 스무 번째 살가죽을 확인했다. 기파의 것이었다.

그녀는 바닥에 내려놓았던 막대를 다시 집어야겠다고 생각했다. 하지만 발을 내디뎌 막대를 차버리고 말았다. 막대는 요란한 소리를 내며 기파 쪽으로 굴러갔다.

기파가 뒤를 돌아보았다. 그가 몸을 돌려 아누타 쪽으로 절뚝이며 한발 한발 발걸음을 옮겼다. 그리고 살가죽을 헤치고 그녀를 찾아냈다. 그는 눈도 깜빡이지 않고 그녀를 뚫어지라 내려다봤다. 그는 말이 없었다. 이언이 리더기에서 보여주었던 사진에서, 의무실에서 봤던 그가 틀림없었다. 마침내 그녀가 입을 열었다.

"…당신은 누구지?"

그는 망설임 없이 대답했다.

"저는 기파입니다."

아누타는 팔을 들어 올렸다. 코트 소매가 내려가면서 봉합 수술 흔적이 드러났다. 살을 꿰맨 실은 한 치 오차도 없이 일정한 간격을 맞추고 있었다.

"당신이었어? 나를 치료해준 게?"

그가 입을 열었다.

"네, 그리고 폭행을 당한 것도. 저걸로."

그의 어깨 너머로 나뒹구는 금속 막대가 보였다. 그의 두 눈이 안경알 안에서 번쩍였다. 그가 호흡하는 것이 보였다. 어깨와 가슴이 부풀었다가 숨을 내쉬면 줄어들었다.

그때, 문밖에서 리더기 소리가 나더니 문이 열렸다. 누군가가

안으로 들어왔다. 충담이었다. 그는 기파에게 다가갔다. 그리고
그와 눈을 마주치며 입을 뗐다.

"선생님, 얼굴은 어쩌다가 그렇게 되셨나요? 아, 어느새 반점
이 사라졌네요?"

기파는 대답하지 않았다.

"말씀해보세요. 정말 기파 선생님인가요?"

13. 의심

충담은 저장고 손잡이를 잡아당겼다. 찬 기운과 함께 코를 찌르는 냄새가 풍겼다. 시체 썩는 냄새였다. 바닥 홈에 시체 썩은 물이 고여 선을 이루었다. 손전등 불빛이 시신 위를 비췄다. 안전복 헬멧 없이 전염병이 퍼진 난파선을 휘젓고 다니더니, 드디어 병에 걸린 것인가? 그는 고개를 젓고 제 눈두덩을 손으로 꾹꾹 눌렀다. 그러나 현실은 달라지지 않았다. 그곳에는 있을 리 없는 사람이 있었다. 기파였다. 그는 눈을 반쯤 뜨고 누워 있었는데, 두 눈은 붉게 충혈돼 있었다. 핏기 없는 얼굴 위에 미간 주름이 살짝 잡혀 있었다. 입을 벌리고 있었지만 침묵하고 있었다. 목과 가슴 쪽에 피부 아래서 출혈을 일으킨 것처럼 발자국 비슷한 모양으로 적갈색 흔적이 남아 있었다. 팔다리가 뒤틀려 있는 것으로 보아 골절상을 입은 듯했다. 급하게 보관했는지 옷을 벗기지도 않은 채였다. 안경을 쓰지 않았지만 체형과 얼굴 모두 영락없는 기파였다. 다큐멘터리와 텔레비전 뉴스에서 보던 그 사람이었다.

충담은 램프 전원이 꺼져 있는 저장고도 모조리 열어봤다. 하지만 다른 저장고에 들어 있는 건 거의 젊은 여성과 노부인들뿐이었다. 개중에는 남자 시체도 있었으나, 이언과 같은 30대 후반의 시신은 없었다.

그는 시체 안치실을 나왔다. 식은땀이 흘렀다. 이제는 시체들이 무섭지 않았다. 무서운 것은 기파의 탈을 쓴 가짜 기파였다. 그는 계단을 타고 아래층으로 내려갔다. 복도를 빠르게 지나던 그는 갑자기 켜진 화면을 보고 걸음을 멈추었다. 그는 이언의 카드를 이용해 승무원 조회를 했다. 로딩 화면이 켜졌다. 아까처럼 광고가 나오기 시작했다.

〈인간이 아닌 승무원을 찾아라〉: 우리 모두 탐정이 되어봅시다.

지금까지 저 광고 화면을 몇 번이나 보았는데, 이제야 저 문구가 눈에 들어오다니. 그는 이벤트 안내 페이지로 접속했다. 수많은 이벤트 중 한 항목을 확인했다. 가짜 기파가 어디에 있는지 알 것 같았다. 갈 곳은 분명했다. 그는 3D 프린터실로 들어갔다. 카드가 리더기를 통과하자, 짧은 멜로디가 흘러나왔다.

그리고 자동으로 문이 열리기 시작했다. 아누타와 그는 함께 있었다.

14. 함께 우주를 감상했던 때를 기억하십니까?

충담은 그를 제압하기 위해, 다리를 걸어 넘어뜨렸다. 그 서슬에 행거가 쓰러져, 걸려 있던 살가죽들이 나뒹굴었다. 충담은 바닥에 쓰러진 그를 바라보며 일어나지 못하게 목과 배 사이를 밟았다. 그러고는 몸을 숙여 그의 가운과 셔츠를 위로 올렸다. 그는 다시 일어나려고 했지만 신음만 낼 뿐이었다. 아누타는 그의 몸을 보자마자 멈칫했다. 충담은 배낭에서 교신기를 꺼냈다.

"기파재단 들리십니까? 오르카 선내에 기파 선생을 사칭하는 인간형 로봇이 있습니다."

그녀는 그의 복부와 허리 부분을 응시했다. 피 흔적은 전혀 없었다. 왼쪽 옆구리 부분이 움푹 들어가 있었는데, 인간이라면 그렇게 깊숙이 파인 채로 멀쩡히 돌아다니지 못했을 것이었다.

옆구리 살갗이 푸르게 보였다. 네다섯 군데에서 동시다발적으로 푸른빛이 점멸하고 있었다.

파손 정도가 제일 심한 부위는 갈비뼈에서 시작해서 허벅지 중간까지 이어졌는데, 그 밑에서 푸른 섬광이 반복적으로 번쩍거렸다. 다리 쪽도 움직일 때마다 날카로운 선을 그리며 춤추듯이 번쩍였다. 그는 로봇이었다. 기파가 아니었다.

"어째서 기파 선생님인 척하는 거지? 왜 사칭을 하는 거냐고!"

충담이 물었다.

"저는 그저 명령을 수행했을 뿐입니다."

"헛소리 마."

로봇이 이 정도로 인간을 닮을 수 있다니. 생김새만 닮은 정도가 아니었다. 고통을 참을 때의 표정, 들숨과 날숨까지 똑같았다.

그녀는 로봇을 응시했다. 짧은 순간에도 그녀는 로봇이 떨고 있음을 느꼈다. 그가 들릴 듯 말 듯하게 말했다.

"함께… 우주를 감상하던 때를 기억하십니까…"

그의 목소리가 바뀌었을 뿐만 아니라 그것이 자신이 아는 목소리였기에 놀랄 수밖에 없었다. 이언의 목소리였다. 순식간에 모든 것이 분명해졌지만 여전히 이 상황을 완전히 이해할 수 없었다.

그녀는 언젠가 흰 가운을 입은 남자와 작은 광장에서 이야기를 나누었다.

"그러고 보니 서로 이름이나 하는 일에 관해서는 전혀 모르고 있잖아. 모르는 게 너무 많다고 생각하지 않아? 나는 아누타야. 가상 체험관의 영상기사지."

그녀는 대답을 기다리며 그의 얼굴을 쳐다보았다. 그는 잠시 곰곰이 생각하는 듯하더니, 웃으며 말했다.

"그건 나중에 얘기하죠."

그때는 그저 신상을 굳이 밝히고 싶지 않은가 싶었다. 혹시 새도 크루인 자신과 더는 친해지고 싶지 않아 그런 게 아닐까 하는 생각이 스치자 자신만만한 마음이 사그라들었다. 하지만 그녀는 꺼림칙한 마음을 지우기 위해 용기를 내어 물었다.

"내가 새도 크루라서 그런 거야?"

그는 손을 내저었다.

"아, 아닙니다. 오해하게 만들었네요. 제 이름이야 명찰에도 있고, 직원 조회만 하면 나오니까요. 하지만 그 이름이 저를 아는 데는 별 도움이 안 될 겁니다."

"알았어. 그렇다면 나중에."

충담은 발에 더 무게를 실어 로봇이 꼼짝할 수 없도록 세게 밟았다. 그리고 몸을 숙여 그의 정수리를 힘주어 눌렀다. 로봇은 곧 초점을 잃고 축 늘어졌다.

15. 진짜 기파

"날 구해줬어, 정말이야!"

"뭘 구해줘? 로봇은 제대로 된 판단을 못 내려. 그 때문에 사람이 죽기도 한다고."

충담은 축 늘어진 로봇을 질질 끌어 벽에 기대놓았다. 로봇은 너무나도 인간 같았지만 아무리 닮았어도 로봇은 로봇이었다. 그는 외관에 현혹되지 않기 위해 스스로 다그쳤다.

아누타는 로봇을 보며 말했다.

"하지만 나를 구해줬다는 건 틀림없어."

"넌 나한테 숨기고 있는 게 있어, 안 그래? 그 팔은 뭐지? 의사가 해준 게 아니라면? 둘이 무슨 관계인 거야?"

그녀는 한 번 크게 심호흡했다. 그리고 바닥에 굴러다니는 금속 막대를 가리키고는 말을 이어갔다.

"허리를 다치게 한 건 나야. 저걸로 때렸거든. 여러 번."

그녀는 소매를 걷어 봉합된 팔을 보여주었다. 한 치의 오차도 없이 꿰매진 상처였다. 살이 죄어지지도 않고, 헐렁하지도 않은 적당한 관계를 유지하고 있었다. 숙련된 의사나 로봇의 실력이라고밖에 할 수 없었다.

제어실에 갇혔을 때, 그녀는 수도 없이 밖을 꿈꾸었다. 처음에는 문을 열고 밖에 나가기만 하면 살 수 있다고 생각했다. 세계의 부호들이 탑승한 우주선인데, 당연히 구조선이 올 거라 믿어 의심치 않았다.

하지만 시간이 흘러도 밖에서 아무 소리도 나지 않자 불길한 생각이 온몸을 휘감았다. 거기까지 다다르자 그녀는 생각을 멈추었다.

오랜 시간이 지난 후에 그녀가 제어실을 탈출했을 때, 오르카호엔 아무도 없었다. 눈부시게 화려했던 선내는 언제 있기라도 했냐는 듯 초라하고 엉망진창인 풍경이 그녀를 비웃고 있었다. 이전과 같은 것이라고는 창밖의 검은 우주밖에 없었다. 같은 풍경인데도 난파선에서 마주하는 풍경은 너무도 쓸쓸해 보였다.

그녀는 한때 별을 함께 보았던 남자를 떠올렸다. 이름도 모르는 주제에 왜 그렇게 생각이 나는 걸까. 그녀는 애써 영상실 동료나 제어실 옆방에 기거하던 새도 크루를 떠올려보았지만 얼굴, 목소리, 어느 하나도 기억나지 않았다. 하지만 그 남자만큼은 똑똑히 기억할 수 있었다. 이름도 모르는 사람을 생각하고 있다니. 사람이 단단히도 그리운 모양이었다. 그녀는 어딘가에 생존자들이 모여 있을 거라 생각했다. 그렇게 승객이 많았는데, 최소한 몇 명이라도 남아 있지 않을까. 일말의 희망을 안고 그녀는 탐사를 시작했다.

복도로 나오자 은빛 파도가 쏴아 소리를 내며 다가오고 있었다. 복도 바닥과 벽에 묻은 오물을 제거하던 입자 일부가 물방울처럼 튀어 올라 그녀에게 달라붙었고, 이내 팔과 다리에 묻어 있는 오염물을 제거하기 시작했다. 그녀는 몸을 흔들어 입자를 털어냈고, 그것이 떨어지는 것을 가만히 지켜보았다. 그 전까지는 각각의 입자를 제대로 본 적이 없었다. 입자는 거미줄처럼 점점 뭉쳤고, 줄지어 가는 짐승 떼처럼 복도 끝으로 이동했다. 그것을 쫓아가보니, 파도 위로 이따금 승객의 옷이나 소지품이 넘실거렸다. 그녀는 코트 하나를 챙겨 입었다.

복도 끝에는 길이 여러 갈래로 나뉘어 있었다. 입자들은 그곳에서 만나 커다란 파도가 되어 제일 큰 복도로 이어졌다. 선내는 온통 어두웠지만 수많은 입자가 커다란 물고기의 비늘처럼 반짝였다.

그녀는 다른 복도들을 살펴보았다. 각 복도에는 은빛 입자 줄기가 1개 이상씩 있었다. 그런데 가끔 줄기가 유독 울퉁불퉁한 지점이 있었고, 은색으로 빛나고 있지도 않았다. 해당 지점은 파도의 물결을 따라 점차 그녀 쪽으로 다가왔다. 거기엔 초록빛을 띤 사람의 머리가 넘실거리고 있었다. 그녀는 소리도 지르지 못한 채, 그대로 뒷걸음질 쳤다.

그녀는 은빛 파도가 향하고 있는 큰 복도를 따라 걸었다. 끝에 무엇이 있는지 잘 알았다. 식물원이었다. 은빛 파도를 타고 시체들이 식물원으로 향했다. 직접 보지 않아도 짐작할 수 있었다. 땅속에 시체를 파묻겠지. 그녀는 살아 있는 사람을 찾고 싶었다. 생존자가 자기 혼자라고 생각하고 싶지 않았다.

두 번째로 확인한 곳은 식료품 저장고였다. 생존자들의 흔적이라도 발견할까 싶어 가봤지만, 냉장고가 제대로 작동하지 않아 대부분 음식이 부패하고 있었다. 그래도 부패한 음식 더미를 뒤져보니, 통조림처럼 먹을 만한 식량도 꽤 많이 남아 있었다. 단단히 굶주려 있었기에, 음식은 입으로 끝도 없이 들어갔다.

배가 차자, 탐사할 힘이 났다. 정신 차려야 해. 그녀는 계속해서 생존자를 찾기 위해 선내를 돌아다녔고, 배가 고파지면 저장고로 와 배를 채웠다. 위생 환경이 나빠 구토와 복통, 두드러기로 고생했지만 이 정도는 참을 수 있었다.

한동안 움직이는 거라곤 시체를 나르는 은빛 파도 외에 아무 것도 보지 못했다. 생존자를 찾는다는 건 불가능에 가까워 보였다.

그녀가 좋아했던 작은 광장도 완전히 폐허가 되어 있었다. 오르카호는 너무 넓어서, 모든 공간을 다 둘러본다는 건 사실상 불가능에 가까웠다. 꽤 오랜 시간 동안 아무 소득도 없자, 괜히 힘을 빼고 있다는 생각이 들었다. 하지만 그런 그녀의 귀에 들리는 소리가 있었다. 저 멀리 어딘가에서 기계가 작동하고 있었다. 그녀는 소리의 근원지를 찾았다. 그곳은 3D 프린터실이었다.

문은 열려 있었다. 그녀는 안으로 들어가 어둠 속에서 거대한 프린터가 작동하고 있는 것을 보았다. 붉은 램프가 깜박거려 방은 검정과 빨강, 두 색밖에 없었다. 바닥에 말라붙은 정체불명의 검붉은 자국을 본 그녀는 불길한 마음을 애써 다잡으며 프린터 주변을 둘러보았다. 근처의 작업 테이블 위에 놓인 두꺼운 섬유 더미가 있었다. 누구 것인가 자세히 보려다가 그녀는 손을 급히 떼었다. 그것은 옷이 아니라 사람의 살가죽이었다. 누구의 살가죽인지도 알 수 있었다. 작은 광장에서 별을 바라보던 그 남자였다.

악몽이었으면 좋겠다고 그녀는 생각했다. 갑자기 프린터에서 알람음이 들렸다. 그녀는 뒷걸음질 치다가 깨진 유리 잔해를 밟고 미끄러져 엉덩방아를 찧었다. 그 충격에 선반에 있던 조각품들이 요란한 소리를 내며 그녀 쪽으로 떨어졌다. 어두워서 제대로 보이지 않았지만 팔뚝이 찢겨 너덜너덜해진 게 느껴졌다. 출혈이 엄청났다. 통증이 엄습했다.

문가에서 인기척이 들렸다. 도망치려 했지만 도저히 꼼짝할 수 없었다. 이곳은 뭘 하는 곳이지? 방금 내가 본 게 뭐야? 진짜로 그 남자의 살가죽인가? 지금 오고 있는 사람은 누구지? 이대로 죽을 수는 없어. 하지만 지혈은 불가능했다. 어지러웠다. 정체불명의 사람이 가까이 다가왔다. 서둘러 일어나려고 했으나 몸이 말을 듣지 않았다. 그 남자를 죽인 사람일까? 하지만 이런 상황에서 왜? 그녀는 무어라고 말하고 싶었지만 말이 나오지 않았다. 시야가 흐려 얼굴이 잘 보이지 않았다. 그녀는 다시 주위를 돌아보며 휘두를 만한 것을 찾으려 했지만 손에 집히는 것은 전혀 없었다.

문득, 차가운 금속이 손에 닿았다. 팔보다 약간 더 긴 금속 막대였다. 그녀는 남아 있는 힘을 쏟아 두 손으로 금속 막대를 잡고 그의 옆구리를 몇 번이나 내리쳤다. 그는 소리도 지르지 못하고 무릎만 꿇었다.

손목을 지나 손가락 끝에 피가 길을 이루며 흘렀다. 출혈은 멈출 기미가 없었다. 그녀는 모든 게 끝났다고 생각했다. 온 세상이 빙글빙글 돌고 있었다. 몸에서 힘이 빠져나갔다. 점점 의식을 잃어갔다.

정신을 차렸을 때, 그녀는 레스토랑 입구에 홀로 누워 있었다. 시간이 얼마나 흘렀는지 알 수 없었다. 팔은 꼼꼼하게 봉합되어 있었다. 주변에 접힌 종이 하나가 놓여 있었다. 펼쳐보니 모양이 다른 알약 2개와 펜으로 쓴 메모가 있었다.

영양실조 소견이 보입니다. 영양제를 처방해드립니다.

아누타는 그제야 그가 자기를 치료하기 위해 다가왔음을 깨달았다. 상처 부위가 가려울 때마다 그때 일이 떠올랐다. 그녀는 레스토랑과 그 안의 주방, 식료품 저장고를 치우고 자신의 거처로 삼았다. 먹기만 하면 어떻게든 목숨을 이어나갈 수 있었다. 가끔 레스토랑 밖에 가기는 했지만 오래 머물지 않았고, 먼 곳은 나가보지도 않았다. 이따금 노랫소리가 들려왔다. 성인 남자 목소리였다. 그녀는 직감적으로 자신의 팔을 고쳐준 그가 부르는 노래라고 생각했다.

그는 가끔 레스토랑 앞에 메모와 함께 약을 놔두고 가곤 했다. 그녀는 언젠가는 그와 마주칠 일이 있을 거라 생각하고 있었지만 다시 마주할 자신이 없었다.

"아까 함께 의무실에 갔을 때만 해도 나는 그가 인간이라는 것을 믿어 의심치 않았어. 아저씨 말을 듣고 내가 엄청난 위인을 해친 거라는 생각이 들었지. 두려웠어. 그래서 말하지 않을 수 있다면, 없던 일로 하고 싶었지. 내가 한 일에 대해서 말하고 싶지 않았어. 그래서 매 순간 내가 알고 있는 걸 말하길 주저했어."

충담이 말했다.

"진짜 기파 선생님은 죽었어."

아누타가 물었다.

"허리에 상처가 있었어? 맞은 흔적 말이야."

그가 고개를 저었다.

"허리는 깨끗했어."

아누타는 로봇에게 가까이 다가가 손을 만졌다. 몸은 차가웠지만 손등 위로 튀어나온 정맥과 솜털까지도 인간의 것처럼 보였다. 어떻게 이렇게까지 같을 수 있을까. 그는 공격을 받아내면서도 아누타를 고쳐주었다. 그녀가 말했다.

"아저씨가 죽였어…"

충담이 아누타를 바라보며 말했다.

"아니. 로봇은 죽지 않아."

16. 영상 기록

"이런 로봇에게도 혹시 통하나 싶어서 해본 건데, 국제 표준 규격이란 건 대단한 거였네."

그녀는 한숨을 쉬었다. 충담이 이어 말했다.

"무슨 일이 있었는지 알아야겠어."

아누타는 벽에 기대고 앉아 있는 로봇을 흘깃 쳐다보며 물었다.

"아까 그랬잖아. 로봇은 자신이 경험한 일을 녹화할 수 있다고?"

충담은 고개를 끄덕이고 칼을 꺼내 들었다.

"안 그래도 볼 참이야."

그는 로봇에게 다가가 두피를 살핀 후, 정수리 부분에 칼을 대고 가로로 절개하기 시작했다. 살가죽을 벗기자 다른 로봇들과 다를 바 없었다. 더욱 작고 정교한 부품들로 구성되었다는 것을 제외하면 말이다. 티타늄으로 만든 프레임에 꽉 다물린 접합 부분은 장인의 손을 거쳐 정교하게 만들어졌음을 알 수 있었다. 하지만 이 로봇도 대량생산된 로봇과 같이 머리 윗부분에 작은 버튼이 있었다. 충담이 손바닥으로 힘주어 누른 것이 바로 이 버튼이었다.

버튼 바로 옆에 작은 구멍이 있었다. 그는 칼끝을 구멍에 찔러 넣었다. 모니터를 가지고 있지 않았던 로봇은 눈에서 빔을 쏘았다. 맞은편 벽에 흐릿하게 잔상이 생겼다. 아누타와 충담은 로봇과 벽 사이 거리를 조정했다. 점점 희미했던 상이 또렷하게 맺혔다.

충담은 칼끝에 힘을 실었다. 화면이 재빠르게 되감겼다. 그는 계속 누르다가, 녹화를 시작한 맨 처음으로 가서 되감기를 멈추었다.

벽에 일렁이는 영상 하나가 나타났다. 제일 처음 보이는 것은 좁은 방이었다. 빛이 들어오는 부분은 천 칸막이로 막혀 있었다. 진한 노란빛이 쏟아져 들어오는 것을 보니, 늦은 오후인 듯했다. 사원증을 목에 건 직원 하나가 로봇을 꼼꼼히 살펴보다 고개를 돌려 칸막이 밖에 대고 말했다.

"사장님, 준비됐습니다."

"알았네. 조금만 기다리게."

칸막이 너머에서 노인의 낮은 목소리가 들려왔다. 호로록하고 뜨거운 음료를 한 모금 들이마시는 소리가 들렸다. 노인의 말이 이어졌다.

"그러니까, 넌 이제 오르카호의 의무실장인 거야. 알겠지? 너무 걱정하지 말아라. 사람들은 금방 달아올랐다가 식어버리곤 하니까. 우리 회사에서 일어났던 이슈들도 지금은 싹 사라졌잖아. 다들 자기 일 아니면 쉽게 잊는다니까. 우주에서 한 해나 두 해쯤 있다 보면 다들 네 과거는 잊고 오르카호의 의무실장으로만 기억할 거야."

중년 남자의 목소리가 등장했다.

"사장님 말씀이 맞네. 그동안의 잘못은 뉘우치고 성장의 발판으로 삼으면 되는 거지. 이번 경험으로 여행기라도 한번 써보는 게 어때? '오르카호에서 보낸 의사의 삶' 같은 제목의 책을 쓸 수 있을지도 모르지. 의무실장님이 보기엔 문제가 많아 보여? 선장인 내가 보기엔 꽤 많은 문제가 해결될 것 같은데."

선장은 자신의 말이 마음에 들었는지 허허 웃었다. 젊은 남자 목소리가 불쑥 나타났다. 힘없고 느릿느릿한 말투였다.

"저는 원래 의사완 어울리지 않았어요."

"넌 그동안 잘해왔어. 고작 한 번 실수한 거로 의사가 맞다 안 맞다 판단하기엔 일러."

"주선해주신 대로 했을 뿐이에요. 전 아무것도 아니었는데. 인터뷰는 짜인 각본대로, 논문은 허위로, 뭐든지 있는 대로 부풀렸죠. 지금까지 들키지 않은 게 놀라울 정도로요."

"난 무에서 유를 창조하려는 게 아니야. 너도 회사에 기여한 바가 크다고. 지금까지 잘해왔잖아. 나는 네게 기회를 줄 수 있어. 이 삼촌에겐 그럴 만한 능력이 있단 말이다. 나를 믿어라. 넌 골드서클 의료센터의 얼굴이나 다름없잖니."

그는 기파의 등을 토닥이며 말을 이었다.

"그리고 하나 더 준비한 게 있다. 너도 재밌어할 거야. 지금도 수수께끼 내는 걸 좋아하니?"

"어릴 때나 그랬죠. 지금이야, 뭐."

"그러면 어린 시절로 되돌아가보자꾸나."

"네?"

사장이 큰 소리로 말했다.

"이제 데려오게."

직원이 칸막이를 열었다. 시야가 트이면서, 구름 한 점 없는 창밖 풍경과 고층 빌딩들의 옥상이 보였다. 30대 후반으로 보이는 남자와 50대 후반으로 보이는 다부진 체격의 남자, 그리고 나이를 가늠할 수 없는 은발의 노인이 검은 가죽 소파에 마주 보며 앉아 있었다. 3명 전부 구김 하나 없는 정장을 빼입고 있었다.

충담은 화면에 등장한 세 사람을 알고 있었다. 기파 평전에 등장한 사람들이었다. 30대 후반의 남자는 기파였고, 50대 후반의 남자는 오르카호 선장, 은발의 노인은 골드서클사 사장이었다.

사장이 자리에서 일어나 로봇 쪽으로 갔다. 그는 여유 있게 커피잔을 한 손에 들고 있었다. 기파가 눈이 휘둥그레지며 말했다.

"이 사람은 누구죠?"

그는 만족스러운 웃음을 지으며 말했다.

"인사해. 이언이야. 네 룸메이트자 보조 외과의가 될 거다."

기파는 자리에서 얼떨떨하게 일어나 다가왔다. 그리고 오른손을 내밀었다.

"기파… 라고 합니다."

로봇이 손을 잡자마자, 그가 놀라며 손을 뗐다.

"이분 손이 엄청 찬데요?"

화면은 사장을 비추었다. 사장은 고개를 끄덕이며 말했다.

"하하, 로봇이니까. 보다시피 아주 잘 만든 로봇이지. 손도 따뜻해질 수 있어. 피가 도는 것처럼."

　사장은 로봇에게 자기소개를 하라는 손짓을 했다. 그가 기파를 보며 인사했다.

　"안녕하세요, 기파 선생님. 저는 이언입니다. 오르카호에 승선할 보조 외과의로, 서른여섯 살의 남자이며, 승선 전에는 개인병원에서 환자들을 진찰했다는 설정을 가지고 있습니다. 선생님과 저는 대학 동문, 친한 선후배 사이로 설정돼 있습니다."

　사장이 말했다.

　"사실 이 로봇은 이언이라는 가상 인물을 연기할 뿐이란다."

　기파가 당황하며 말했다.

　"하지만 이건⋯ 진짜 사람 같은데요. 어떻게 가능한 거죠?"

　"기술은 이미 충분히 갖추고 있었어. 그저 상용화되지 않았을 뿐이지. 인간의 존엄성이니 유일성이니, 온갖 사회적 통념을 들먹이며 반대하는 자들이 워낙 많아서 말이야. 인간의 형태든 아니든, 로봇일 뿐이잖아. 로봇 없이 단 하루도 견디지 못할 자들이 말은 잘한단 말이야. 나는 그게 참 이해가 안 가더라고. 로봇이 인간과 똑같은 모습이 되는 것만큼은 막아야 한다니, 무슨 최후의 보루도 아니고. 하하. 뭐, 아무리 좋은 기술이라도 소비자가 원치 않으면 안 되는 거지만. 어때, 재미있지 않니?"

　"재미요? 너무 사람을 닮지 않았어요?"

사장은 기파의 당황하는 모습을 보며 빙긋이 웃었다.

"사람들은 로봇이 아무리 날고 기어도 결코 인간을 뛰어넘을 수 없을 거라고 맹신하지. 하지만 이언의 존재로 그들의 믿음은 박살이 날 거야. 인간이 지구에서 유일무이한 존재이며, 미래에도 그럴 거라는 믿음 말이야."

기파는 뚫어지라 로봇을 바라보았다. 그리고 충담도 영상 속 기파의 모습을 똑똑히 보았다. 겁에 질려 있었고, 자신감이 없어 보였다. 사장이 고개를 절레절레 지으며 말했다.

"이걸 만드는 동안 직원들이 얼마나 나를 비난했는지 몰라. 회삿돈 탕진한다고 말이야. 결국 내 봉급까지도 들어가긴 했지만, 만드는 동안 아주 즐거웠어."

"왜 이런 걸 만드셨나요?"

"두 가지 이유가 있지. 첫 번째 이유는, 우리 회사의 모토를 실현하기 위해서야. 골드서클사는 최고만을 보여주지. 오르카 호라는 지상 최고의 크루즈를 만든 것처럼, 지상 최고의 인간형 로봇을 만들어낸 거야."

"두 번째는요?"

사장은 첫 번째와 다르게 말을 골랐다. 한참이 지나서야 그가 입을 뗐다.

"오르카호의 슬로건이 뭔지 기억하니?"

"'완벽한 인간 승무원이 서비스를 책임진다'죠…."

기파가 대답했다.

"맞아. 아주 예전부터 인간들은 제 한 몸 편해지자고 신분을 나누고 노예를 만들었지. 그러다 기술이 발전하면서 로봇을 부리기 시작했어. 로봇이 상용화되고 인간들이 힘든 일은 로봇이 도맡게 되자, 인간은 너 나 할 것 없이 편한 삶을 누릴 거라고 안일하게 생각했지. 로봇 산업이 발전하면서 인간의 몸에 달 수 있는 기계 장기나 신체도 같이 발전했기 때문에 더욱 낙관적으로 전망했어. 하지만 변화한 것은 신분체계뿐이었어. 세밀히 나누어졌지. 맨 아래에는 로봇이 있지. 로봇이 인간을 위해 봉사하는 건 너무도 당연한 일이야. 로봇 다음에는 사이보그화된 인간들. 그다음에는 사이보그화되지 않은 인간이지만 돈이 없는 사람들. 그 위에는? 사이보그화되지 않은 인간을 노예처럼 부릴 수 있는 인간이야. 그들은 자기 자신을 '완벽하다'나 '온전하다'라는 말로 수식하지. 오르카호는 자신을 최상위 계층이라고 생각하는 부자들을 위한 세계야. 나는 이 오르카 세계를 만들었으면서도, 그들이 지불하는 돈을 좋아하면서도, 그들을 좋아하진 않아. 솔직히 한심하다고 느껴. 자신의 과시욕을 충족시키려고 로봇 대신 인간을 고용하다니. 그들 머리 꼭대기에 앉아서 비웃고 싶어지더라니까. 그래서 오르카호를 만든 거야. 그들이 그렇게나 좋아하는, 인간이 시중을 드는 세계 말이야. 인간과 똑같은 로봇을 등장시킬 무대로 그런 세계가 제격이지 않겠어?"

그는 커피를 한 모금 마셨다.

"봐. 로봇이 상용화된 게 십수 년 전인데, 인간과 똑같이 생긴 로봇 하나 못 만들 것 같아? 하하, 그렇게 생각했다면 큰 오산이지, 안 그래? 축적된 기술이 얼만데 말이야. 대중이 싫어하니까 일부러 선보이지 않았을 뿐이지. 이언은 판매용으로 만든 게아니야. 사람들을 비웃기 위해 만든 거지. 다들 초호화 크루즈의 선의라면 엘리트 중에서도 엘리트라고 생각하겠지. 그렇게 믿고 있다가 로봇이란 게 드러난다면 사람들은 얼마나 충격에 빠질까? 이 녀석은 의료 업무만 수행하는 게 아니야. 소위 최상위 계층이라 불리는 자들과 어울려 지낼 거다. 본인이 느낀 것에 관해 기록도 하지. 생각만으로도 짜릿하지 않니?"

기파는 침묵했다. 사장이 말했다.

"자, 이제 네가 이 로봇의 주인이란다. 수수께끼의 수호자가 되어보렴."

"네?"

기파는 말을 잇지 못하고 로봇과 악수했던 제 손을 바라보았다. 사장이 웃었다.

"고립된 지역에서 오랜 시간 지내다 보면 따분해지고 우울해

지기 마련이야. 그래서 선내 이벤트를 아주 많이 준비했지. 그중 제일 야심 차게 준비한 게 바로 '인간이 아닌 승무원을 찾아라' 게임이야. 수많은 인간 승무원 중 이 녀석을 찾아내는 승객이 이기는 거지. 나, 너, 여기 선장을 제외한 승객과 승무원들은 이것이 로봇이라는 걸 몰라. 너는 이 녀석과 함께 다니면서 승객들에게 힌트를 조금씩 알려주는 거지. 지구 시간 기준으로 보름에서 한 달 정도의 이벤트야. 원래 내 아이디어는 선장 자리에 이언을 앉히는 거였지만…"

사장이 빙그레 웃었다.

"…그게 알려지면 항해 자체가 위험하다고 여기는 사람도 있을 테니까. 이언도 의사긴 하지만 수술을 하진 않을 거야. 그 정도면 사람들도 특별히 거부감은 안 생길 테지. 이언을 찾은 승객한텐 선장이 상품을 수여할 거야."

선장이 웃으며 말했다.

"영광입니다. 사장님."

"오르카호에선 자네가 통치자나 다름없으니까 말일세. 대적반과 갈릴레이 위성이 잘 보이는 시기에 오르카호를 도착시켜야 한다네. 그때가 정말 아름다울 거거든. 세일즈 포인트 중 하나니까 꼭 맞춰주게나."

선장이 자신만만하게 말했다.

"걱정하지 마십시오. 제 우주선 무사고 25년을 걸고 약속드립니다. 우주크루즈 사업의 지평을 여는 첫 선장으로서 자부심을 느끼며 열심히 일하겠습니다."

선장이 커피를 마시며 기파에게 말했다.

"우주크루즈에 관한 한 경험이 풍부한 사람은 없어. 나도 대규모 우주 관광 사업에 참여하는 건 처음이고."

사장이 기파를 빤히 쳐다보았고, 한참을 침묵하던 기파가 말했다.

"왜 하필이면 의무실 의사죠?"

"제 몸이 아프다 한들 의사가 이상 없다고 하면 다들 그런가보다 하고 넘어가기 일쑤잖아? 자, 지금부터는 주의 사항에 관해서 이야기해볼까 하네."

사장이 이어 이야기했다.

"우리 회사는 이번 크루즈 사업에 사활을 걸었네. 우주크루즈는 누구도 뛰어든 적 없는 시장이지. 그러다 보니 위험성이 커. 대신 이 사업이 성황리에 끝나게 된다면 우리는 완전히 새로운 시장을 개척하게 돼. 경쟁사가 쫓아온다고 해도, 자리를 선점한 우리를 이기긴 어려울 거야. 하지만…"

사장은 어깨를 으쓱했다.

"…시장을 선점한다 해도 이번과 같은 최고급 옵션만으로는 역부족이라네. 더 많은 손님을 끌어모아야 하지. 그래서 다양한 사양의 우주크루즈를 선보일 계획이네. 이번 오르카호의 소요 시간은 왕복 2년이지만, 차후에는 동선도 다양하게 짜고, 3년, 4년, 5년까지도 기간을 늘려서 준비할 거야. 그래야 비용이 줄어드니까. 말하자면 보급형 오르카호를 만드는 거지."

선장이 말했다.

"흠, 제 생각엔 비용을 더 줄여야 한다고 생각하는데요. 충분히 저렴하지 않다면 많은 사람을 불러모으긴 쉽지 않을 겁니다."

"그렇지. 우주선 속력을 줄이고, 운영 시스템이나 공간을 줄인다고 가격이 크게 떨어지진 않을 거야. 그래서 생각한 게 식량에서 비용을 절감하는 것이네. 승객들에게 양질의 음식을 제공하려면 식자재 자급이 가능해야 해. 오르카호는 지하층에 대규모 식물 재배 시설과 고기 배양 시설이 있어 식자재 자급이 원활했지만 대신 비용 부담이 컸지. 더 값싼 서비스를 제공하려면 이 부분이 해결되어야 해. 식자재의 성장 속도가 관건이야. 그래서 이번 항행 중에 성장 속도를 가속하는 연구를 해보려고 해. 나는 네가 연구소 관리도 맡아줬으면 좋겠다. 물론 이언이 도와줄 거야."

"제게 관리를 맡긴다고요? 무슨 실험을 하는데요?"

기파가 물었다. 사장은 그를 바라보고 헛기침을 했다.

"나도 자세한 설명을 하긴 어렵지만, 책임연구원 말로는 엄청난 속도로 자라나는 세포에서 착상을 얻었다고 하더군. 무슨 무슨 질환의 메커니즘을 이용한 거라고 하던데. 죽지도 않고 끊임없이 증식하는 이 세포를 이용해서 빠르게 성장하는 식자재를 만들려고 해. 넌 이 일에 관해서 몰라도 상관없단다. 하루에 한 번만 연구소장한테 잘 돌아가고 있는지 물어보고 보고만 받아놔. 자세한 사항은 이언한테 물어봐도 될 거다."

기파가 당황하여 팔을 내저으며 말했다.

"아뇨, 전 맡을 수 없어요."

"그냥 관리만 하라는 거야. 다들 알아서 움직일 테니까. 보고 좀 받는 게 어려운 일은 아니잖니. 자신감 좀 가지렴."

기파는 고개를 떨구었다.

"모르겠어요. 어떻게 받아들여야 할지. 그런 식자재라면 아무도 반기지 않을 것 같은데요. 특히나 이렇게 고급 크루즈에 탄 사람들이 그런 실험용 쥐 취급을 당하는 걸 받아들일까요?"

"그러니까 오르카호에서는 그런 음식을 내놓지 않아. 단지 연구만 할 뿐이지. 이 실험이 성공한다면 앞으로 저가형 우주크루즈의 식자재 보급은 문제없을 거다. 물론 이번 항행 안에 해결되지 못할 수도 있어. 그러니 계속 시도해봐야지. 우리는 우주크루즈 사업을 계속할 거니까."

"그런데 어째서 크루즈에서 하는 거죠? 지구에서 하거나, 실험용 우주선을 띄우면 안 되나요?"

"식자재는 우주크루즈 안에서 자라고 소비될 텐데, 거기서 실험을 해봐야 하지 않겠어?"

"하지만 나중에 문제가 되진 않을까요?"

기파가 난처한 표정을 지었다.

"계약서상에 명시할 테니까. 뭐, 제대로 읽을 사람이 있을지는 모르겠지만. 특별한 문제는 없을 거야. 그렇게 걱정된다면 관련 논문이라도 요청해서 읽어보려무나. 유전자 변형 식품들도 초창기엔 거부감이 심했지만 지금은 다들 아무렇지 않게 먹잖니. 이것도 비슷한 거야. 연구소에 연락해둘 테니 그쪽 사람들과 이야기해보렴."

기파는 문득 이언을 바라보았고, 둘의 시선이 마주쳤다. 이언은 침묵을 유지했다. 기파가 이언에게 가까이 왔다. 화면에 기파 얼굴이 가득 찼다. 아누타는 기파의 눈동자가 흔들리고 있음을 알 수 있었다.

17. 교신

충담이 쥐고 있는 교신기에서 잡음이 들리더니, 곧 음성이 흘러나왔다. 그 음성은 자신을 기파복지재단 소속 직원이라고 소개했다.

"기파 선생님을 사칭하는 미확인 로봇은 파괴하십시오. 진짜 기파 선생님을 살아 있다면, 지구로 모시고 오십시오. 저희는 로봇이 아니라 기파 선생님을 모시고 오는 데 사례금을 걸었다는 것을 유의하시기 바랍니다."

로봇은 계속해서 벽에 영상을 영사하고 있었다. 화면에는 로봇을 천천히 관찰하는 기파의 모습이 나오고 있었다. 충담은 교신이 끝난 후에도 한동안 교신기를 들고 있었다. 갑자기 영상이 꺼져 공간이 깜깜해졌다. 아누타는 로봇에게 손전등을 비췄다.

그는 허공을 멍하니 응시할 뿐 아무 표정이 없었다. 그때였다. 그의 입에서 노래가 새어 나왔다.

고향 땅에서는 모두 나를 기다리네
구름 위에 떠가는 달이
맑은 모래 일렁이는 물이
내 소식 전해주리

소리는 공간을 울리며 크고 으스스하게 들렸다. 부르고 싶어서 부르는 것이 아니라, 프로그래밍이 돼 있기 때문에 자동 재생되는 듯싶었다. 예상치 못한 행동에 아누타와 충담은 잠시 주춤했다. 그 틈을 놓치지 않고 로봇은 자리를 박차고 일어나 출입문을 향해 달려갔다. 다리를 절면서도 계단을 쉼 없이 올랐다. 한 계단 오를 때마다, 뒤통수 피부가 너덜거렸다. 충담과 아누타도 그 뒤를 쫓았다. 충담은 기파를 찾아 무사히 귀환하고 싶었다. 고생 많으셨습니다, 기파 선생님. 이런 말을 건네며 기파와 지구로 돌아가고 싶었다. 하지만 실제로 기파는 이미 죽은 지 오래며, 기파를 사칭하는 로봇만이 있을 뿐이다. 진짜 기파가 죽었다고 하면 재단 측에선 어떻게 반응할까. 심장 수술은, 연이는 어떻게 되는 걸까. 일단 저 로봇을 파괴하는 게 먼저라고 그는 생각했다. 절반의 조건이라도 충족시켜놓자. 그래야 재협상도 노려볼 수 있을 테니까.

충담과 아누타는 3층에 도착했다. 로봇은 허리께까지 올라오는 난간을 등지고 서 있었다. 난간 아래는 1층 로비였다. 충담이 다가가자 로봇은 갈팡질팡하며 난간 쪽으로 뒷걸음질 쳤다. 충담은 칼을 쥐고 로봇에게 달려들었다. 뒤엉킨 둘이 엎치락뒤치락하는 동안, 둘의 무게가 난간에 쏠렸다. 아슬아슬하게 버티던 난간은 결국 무게를 이기지 못하고 부서졌고, 둘은 함께 1층으로 추락했다. 아누타가 막으려고 해봤지만 손쓸 수 있는 상황이 아니었다.

둘이 추락하며 선내 전체를 울리는 굉음이 들렸다. 아누타는 난간 밖을 내려다봤다. 로봇이 충담 아래에 깔린 상태로 둘은 포개져 있었다.

충담은 얼굴을 찡그리며 몸을 일으켰다. 등과 허리가 욱신거렸지만 다행히 움직일 수 있었다. 어깨는 아예 감각이 없었다. 그는 신음을 냈다. 오른쪽 팔이 부러졌는지 부어오르고 있었다.

주변을 살펴보니 아까 샹들리에가 떨어졌던 로비였다. 샹들리에 조각은 보이지 않았다. 은빛 파도가 왔다 간 것일까. 로봇 위에서 내려와서야 그는 그 조각이 어디에 있는지 깨달았다. 샹들리에의 날카로운 금속 프레임이 로봇의 옆구리를 완전히 꿰

뚫고 있었다. 자칫하면 충담도 함께 관통당할 뻔했다.

로봇이 천천히 몸을 움직여 프레임을 옆구리에서 빼냈다. 관통 부위에 스파크가 일고 있었다. 로봇이 충담에게 다가왔고, 충담은 눈을 질끈 감았다. 로봇이 몸을 숙이는 기척이 느껴졌다. 로봇은 충담을 치료해주고 있었다. 충담은 치료가 끝날 때까지 고개를 내리지 않았고, 그저 돔형 유리 천장을 바라보았다.

"의무실로 가서 처치하는 게 좋겠습니다."

로봇은 고장 난 허리 때문에 발작을 일으키면서도, 충담을 부축했다. 계단을 내려오던 아누타가 그 광경을 보고 로봇을 거들었다. 충담이 고통을 참으며 물었다.

"사고 당시 기파 선생님은? 선생님이 사람을 구한 건?

"그는 누군가를 구하지 않았습니다."

"네가 선생님을 죽였어?"

"아닙니다. 저는 기파 선생님도, 다른 승객이나 승무원 누구도 죽이지 않았습니다. 저는 단지 선생님의 명령을 이행했을 뿐입니다."

"근데 왜 우릴 보고 도망친 거야?"

"기파 선생님께선 제 정체를 절대로 들키면 안 된다고 말씀하셨습니다. 두 분을 보았을 때, 저는 제가 로봇인 것을 들킬 줄 알았습니다. 아직 얼굴 가죽이 완벽하지 않았으니까요. 그래서 더 정교한 살가죽을 만들어 기파 선생님 행세를 하려고 했습니다."

충담은 이를 악물고 몸을 일으켰다. 그동안 성자라고 추켜세웠던 인물이 고작 인간을 구하도록 프로그래밍된 로봇이었다고? 충담은 혼란스러웠다.

18. 기파와 이언

사람들이 하나씩 죽어갔다. 기파의 따뜻한 손길을 느끼며 눈을 감았다. 우주 한복판에 있다는 두려움 속에서도 누군가 자신을 위해 간호하고 있다는 사실에 위안을 받았다. 얼마 안 있어 환자 대부분이 사망했고, 살아남은 사람은 교신 담당 승무원 하나였다. 그녀는 병이 진행되어 혼수상태에 빠져들었다…

"다들 이렇게 알고 있습니까…?"

로봇이 리더기에서 눈을 떼고 물었다. 의무실 침대 위에 누워 있던 충담이 리더기를 돌려받으며 대답했다.

"지구에서 베스트셀러인 책이야."

"평전 속 기파 선생님은 정말이지 아름답군요. 특히 이언과 우정을 나누는 장면은 무척 감동적이었습니다. 하지만 이건 진짜가 아닙니다. 이제 제가 실제로 경험한 일을 말씀드리겠습니다. 하지만 한 가지만 확실히 해도 되겠습니까?"

"뭔데?"

아누타가 물었다.

"사실을 말할 것을 맹세합니다. 그러니 영상 추출만은 하지 말아주십시오. 부디 제 입으로 직접 말하게 해주십시오."

충담은 고개를 끄덕였다. 벽면 영상은 필요 없었다. 멀지 않은 병실에서 바이털사인을 알리는 규칙적인 전자음이 들려왔다. 그가 천천히 말을 시작했다.

달 우주정거장에서 이언과 기파는 나란히 지구를 내려다보고 있었다. 오르카호가 출발하는 날이었다. 기파는 사람과 비슷하게 생긴 로봇이 영 불편한지 멀찍이 떨어져 있었다. 그는 커피를 휘젓던 스틱을 신경질적으로 잘근잘근 씹더니 이내 멈추고 노래를 흥얼거렸다.

고향 땅에서는 모두 나를 기다리네
구름 위에 떠가는 달이
맑은 모래 일렁이는 물이

"그 노래를 좋아하십니까?"

이언의 물음에 기파는 황급히 노래를 멈추었다. 눈이 마주치자 시선을 다른 곳으로 돌리며 말했다.

"아무것도 아냐."

기파의 표정에는 당황스러움과 중압감이 어려 있었다. 그는 이언과 함께 지내는 일에 큰 부담을 가지고 있는 듯했다. 이언이 말했다.

"말씀하기 싫으시면 안 하셔도 됩니다."

그는 머쓱하게 제 턱을 쓰다듬으며 화제를 돌렸다.

"너는 뭘 할 수 있지?"

이언은 입가에 미소를 지으며 말했다.

"일반적으로 외과 의사가 할 수 있는 진료는 전부 가능합니다. 그리고 사람들이 무의식적으로 하는 행동들도 상시 수행 중입니다. 사실 필요 없지만 사람처럼 보이기 위함이죠."

이언은 기파가 눈치챌 수 있을 만큼 크게 심호흡하고 눈을 몇 번 깜박여봤다. 기파는 머리끝에서부터 발끝까지 이언을 훑어봤다. 그러곤 창밖 너머 지구를 바라보며 말했다.

"일부러 실수를 하기도 해?"

"맞습니다. 아주 낮은 확률로 실수를 하도록 설정돼 있습니다. 다만 치명적인 실수는 하지 않게 되어 있지만요. 이 또한 최대한 인간다운 모습을 보이기 위함입니다."

"그런 기능은 없었으면 좋았을걸."

"왜 그렇게 생각하십니까?"

이언이 물었다. 기파는 한숨을 내쉬었다.

"작은 실수라도 한 번 저지르고 나면, 사람들은 그 실수만을 떠올리거든. 아마 평생 뒤따라올지도 몰라."

"비슷한 일을 겪으셨나요?"

"의료 사고를 일으켰던 적이 있어. 나도 알아. 내가 잘못한 거. 그래서 그걸 만회하려고 해외 의료 봉사도 다녀왔고 기부금도 많이 냈어. 삼촌 덕분에 일파만파 퍼지진 않았지만, 그래도 알 사람은 알고 있어. 그들은 내 실수만을 떠올릴 거야. 삼촌은 사람들이 남 일은 쉽게 잊는다고 했지만, 나는 그렇게 생각하지 않아. 그래도 긴 시간 숨어 지내면 조금이라도 잊지 않을까 기대하고 있어. 그래서 나는 오르카호에 타는 거야. 수수께끼 같은 건 사실 흥미 없어. 수수께끼 좋아할 만한 나이는 한참 지났는데, 여전히 어린애인 줄 아신다니까."

이언이 침착하게 말했다.

"선생님, 별일 없을 겁니다. 안심하세요. 수수께끼와 멀어졌다고 해도, 흥미를 살려보시는 것은 어떤가요? '인간이 아닌 승무원을 찾아라' 이벤트는 선생님께 달려 있다고 해도 과언이 아닙니다. 저는 보조 외과의라는 역할로 선생님과 함께 있지만, 진짜 정체는 이벤트의 목표 대상입니다. 그리고 선생님 말씀을 따르는 로봇일 뿐이죠. 그러니 성공적인 이벤트를 위해 마음껏 명령을 내려주세요."

"삼촌은 수수께끼의 수호자 운운하면서 가볍게 말했지만, 나는 이 이벤트가 가볍게 끝나지 않을 거란 걸 알아. 깜짝 쇼 같은 게 아니야. 재밌어하는 이들도 있겠지만, 대부분은 불안해할 거야."

"제가 사람들을 불안하게 하나요?"

"네 정체를 알고도 놀라지 않을 사람은 없을걸. 다들 맘 편히 인공지능과 로봇을 부려먹을 수 있는 건 어디까지나 자기들과 전혀 다른 존재라고 생각해서 그런 거야. 조금 전까지 함께 희희낙락하던, 이야기를 주고받던 사람이 사실 로봇이었단 사실을 알게 되면 다들 어떻게 생각할까? 그 후로도 계속 맘 편히 지낼 수 있을까?"

"실제로는 다를 수도 있지 않겠습니까? 너무 걱정하지 마세요."

만약 정체를 들키게 된다면, 이언은 중앙 로비 한가운데 서서

인조 살가죽을 벗게 될 것이다. 자신이 로봇임을 증명하는 것이다. 이언을 찾아낸 승객은 계단에 전시된 칩을 선물로 받게 되고, 그걸로 이벤트는 끝난다.

기파는 지구만 하염없이 바라보았다. 지구의 푸르고 둥근 호가 보였다. 천장에 매달린 모니터들이 고래 모양의 오르카호를 계속해서 보여주고 있었다. 고래 모양 로고가 헤엄치는 고래와 같이 우아한 곡선을 그리며 움직였다.

승선 안내 방송이 나오기 시작했다. 이언은 슬슬 들어가자며 기파를 재촉했다. 그러나 그는 가방에서 물병과 작은 알약을 꺼내 삼킬 뿐이었다. 신경 안정제였다.

출항 이후 기파는 겉으로 보기에 아무렇지도 않아 보였다. 유명한 선생님이라며 그를 알아보는 승객도 꽤 많았다. 그는 어깨를 펴고 여유로운 웃음을 지으며 승객을 응대했다. 하지만 사람들과 만나지 않을 때는 완전히 달랐다. 말수가 적어졌고 표정도 굳어졌다. 다른 의사들이 운동하거나 공연을 보러 갈 때, 그는 방 안에 틀어박혀 있기만 했다. 이따금 고향을 그리워하며 노래만 흥얼거릴 뿐이었다.

오히려 사람들과 잘 어울린 것은 이언 쪽이었다. 그는 의사, 간호사, 치료사들과 어울렸다. 승객들을 속이기 전에 직원들과 친해져서 자신 주변의 신망을 더욱 굳건히 다지려는 심산이었다.

식사 제의가 들어오면 사양하지 않았고, 즐겁게 먹는 척했다. 음악회 관람이나 운동 제의도 흔쾌히 승낙했다. 먼저 나서서 사람들 일을 거들기도 했다. 의무실 사람들은 그를 좋은 사람이라고 생각했다. 비밀리에 운영되던 연구소 내에서의 평판도 나쁘지 않았다. 그는 자신이 적극적으로 움직일수록 정체가 밝혀질 때 사람들이 더 많이 놀랄 거라고, 분명 더 많이 즐거워할 거라고 생각했다. 그래서 쉴 틈 없이 오르카호의 이곳저곳을 돌아다니며 사람들을 만났다. 그를 보며 로봇을 찾았다고 자신만만해하는 승객은 없었다.

오르카호가 화성 부근을 지나 소행성대로 접어들 당시, 가벼운 선체 진동이 발생했다. 승객들이 대피할 정도는 아니었다. 전력이 몇 분 정도 불안정했다가 다시 정상으로 돌아왔다. 진동도 얼마 안 되어 멈추었다. 선장의 방송이 들렸다.

"승객 여러분께 알립니다. 오르카호는 소행성 하나를 피하고자 다소 궤도를 수정하였고, 현재 정상적으로 이동하여 순항 중입니다. 오르카호 기술자와 항해사들이 승객분들의 안전과 순조로운 항해를 위하여 노력하고 있습니다. 걱정 마시고 즐겨주시기 바랍니다."

사람들은 이번 일을 대수롭지 않게 여겼다. 난기류를 만난 여객기보다 진동도 덜했고, 이미 소행성은 지나간 지 오래였으니까. 사람들은 소행성 따위는 잊어버린 채, 목성으로 가는 길이 가까워졌다며 축배를 들고 자축했다.

기파는 항상 바늘과 실을 들고 다녔다. 그러나 승선한 지 며칠 되지 않아 이언이 봉합 수술을 전담하게 되었다. 기파가 손을 떨었기 때문이었다. 그는 환자들에게 조수가 더 일을 잘한다며 능청스럽게 둘러댔다. 기파는 할 수 있는 일이 점차 적어졌고, 스스로 자기 입지가 줄어들고 있다는 것을 체감하고 있었다.

어느 날, 턱이 찢어진 어린 환자와 부모가 응급 신호를 보내왔다. 객실을 찾아간 기파는 여느 때와 같이 이언에게 봉합수술을 맡겼다. 어린 환자의 어머니가 기파를 쳐다보며 말했다.

"선생님께서 직접 해주시면 안 되나요? 유명한 분이시라고 하던데요. 이분은 보조 외과의잖아요."

기파가 웃으며 말했다.

"봉합은 이 친구가 더 잘합니다."

"겸손하시군요. 그래도 저는 선생님이 해주셨으면 좋겠어요. 그러지 마시고요."

그녀는 간곡하게 청했다. 보다 못한 이언이 기파에게 귓속말했다.

"드릴 말씀이 있습니다."

이언과 기파는 복도로 나왔다. 이언이 난처한 표정을 지으며 말했다.

"이렇게 계속 로봇임을 숨기고 환자 몸을 함부로 건드렸다가는 나중에 문제가 될 수도 있습니다."

기파가 비틀린 웃음을 지으며 말했다.

"괜찮아. 절대 안 걸려."

"하지만…"

"내가 네 주인이야. 하라는 대로 해."

이언은 한동안 침묵하다가 입을 뗐다.

"알겠습니다."

기파는 환자 어머니의 청을 완곡히 거절했다. 의사 가운 안에 깊숙이 찔러 넣은 기파의 두 손이 떨리고 있음을 이언은 눈치챘다. 그날 밤에 기파는 유난히 더 말이 없었다.

그다음 날, 기파는 이언의 봉합 실력에 감탄하고 있는 환자에게 다가가 웃으며 말했다.

"진짜 대단하죠? 인간이라곤 믿기지 않을 정도로요. 재봉틀이 오차 없이 박은 것 같지 않아요?"

환자의 보호자 또한 웃으며 대답했다.

"예, 그러네요. 보고도 믿기지 않네요."

이언은 기파를 쳐다보았다. 그는 그저 어깨를 으쓱하며 웃을 뿐이었다. 환자들이 가고 나서 기파가 이언에게 말했다.

"농담이야. 농담! 그리고 이 이벤트는 이 정도로 오래 끌 게 아니었다고. 지구에 도착해서 밝힐 순 없잖아. 적당한 때에 밝히기 위해서라도 힌트를 줘야 하지 않겠어? 너무 정교한 것도 탈이로군. 실마리를 던져줘도 모른다니."

기파는 호들갑을 떨며 말했다. 그는 흥분한 듯 보였다. 처음엔 이언도 수긍했지만, 그는 점점 이해할 수 없는 언행을 이어나갔다. 괜히 사람들에게 이언이 사람답지 않게 정교하다느니, 기계처럼 일을 잘한다느니 떠들어댔다. 이언은 그의 심리를 이해할 수 없었다. 하지만 이런 식의 행동은 이벤트를 망치는 일 같았다.

"선생님, 이벤트 전략을 재고해보심이 어떠신가 싶습니다."

"아직 괜찮아. 사람들이 영, 감을 못 잡으니까 말이야."

"이런 식으로 대놓고 드러내다 허무하게 끝나면, 놀라움도 즐거움도 사라지는 게 아니겠습니까?"

기파는 그저 장난 좀 친 거라며 넘어갔고, 그 이후에도 이언이 기계같이 정교하다고 이야기했다. 이언은 정확히 기파가 기계 이야기를 서른여섯 번째로 꺼냈을 때, 비로소 깨달았다. 빙긋 웃으며 이언을 바라보는 기파의 표정에 두려움이 서려 있다는 것을.

하지만 이언이 사람 행세를 잘해서인지 아니면 사람들이 의사는 절대 로봇일 리 없다고 생각해서인지 좀처럼 들킬 기미가 보이지 않았다. 그러다 보니 '인간이 아닌 승무원을 찾아라'는 난도가 높은 이벤트로 입소문을 탔고, 극소수만이 흥미를 보였던 이벤트가 사람들 사이에서 인기를 구가하게 되었다. 얼마 안 있어, 룸 메이드나 세탁실 직원에게 다짜고짜 '찾았다!'라고 외치는 경우를 심심찮게 볼 수 있었다. 이언과 기파는 그런 광경을 모른 척하며 지나갔다.

기파와 이언이 야간 당직을 서던 중, 선장에게서 호출 신호가 왔다. 무슨 일인가 싶어 확인해보니 선장의 바이털사인이 급격하게 나빠져 있었다. 그들은 선장의 방으로 달려갔다. 선장은 침대에 누운 채 두 사람을 기다리고 있었으며, 한눈에 봐도 초췌해져 있었다.

"요새 잠을 통 못 자는군."

"무슨 일이죠?"

기파가 물었다.

"자네한테만큼은 알려야겠다 싶었어. 누군가는 남아서 책임져야 할 테니까."

"자세히 말해보십시오."

이언도 거들었다.

"얼마 전에 소행성 하나를 피한 적이 있었지. 승객들을 안정 시키기 위해 말은 안 했지만, 우린 그때 간발의 차이로 살아남 은 거야."

"어쨌든 피해서 살아남았잖아요?"

기파가 물었다.

"소행성을 피하려고 어쩔 수 없이 경로를 바꿔야 했어. 그러 다 보니 예상 도착 시각이 대폭 지연됐지. 이대로는 대적반과 갈릴레이 위성을 못 볼 수도 있겠다 싶어 궤도를 재설정했는데, 그 이후로 소행성 궤도 예측 시스템이 먹통이 됐어. 하루빨리 소행성대를 탈출해야 하는데, 시스템 없이 운항해본 적은 있지 만 이렇게 멀리, 많은 승객을 태우고 그래본 적은 없어. 잠도 안 오고, 밥도 못 먹겠고. 책임질 사람이 나인데, 몸 상태가 말이 아 니야. 혹시 정신이 맑아지는 약을 구해줄 수 있겠어? 원래 정신 과 의사와 이야기할까 했는데⋯ 좀 부담돼서 말이야. 잘 모르는 사람이니까. 오르카호와 관련된 민감한 발언은 삼가야겠다 싶 기도 하고."

그의 손은 덜덜 떨리고 있었다. 기파는 자신이 할 수 있는 최 대한의 호의로 약을 구해줬다. 이언은 약을 선장에게 건네주며 말했다.

"다 괜찮을 겁니다."

선장은 약을 받아들며 웃었다. 그의 얼굴은 벌겋게 상기되어 있었고, 입에서는 진한 보드카 냄새가 났다. 그의 입이 달싹였다.

"넌 몰라. 사람이 얼마나 힘든지. 진짜 인생을 살지 않잖아."

그 후 얼마 가지 않아 소행성 충돌이 벌어졌다. 선장이 아닌 이상 원인을 알 수는 없었지만 기파와 이언은 이 충돌이 우연한 것이 아닐지도 모른다고 생각했다.

소행성 충돌을 가까스로 피했을 때의 진동과는 비교도 할 수 없는 충격이 오르카호 전체에 전해졌다. 금속 기둥이 쓰러지고, 크루즈 외피가 구멍이 뚫릴 만큼 우그러졌다. 이미 꼬리 일부분과 지느러미 한쪽은 본체에서 떨어져 나가고 있었다. 뒤이어 정전과 화재가 이어졌다. 사이렌이 울렸고 천장에서는 스프링클러가 작동했다. 사람들은 침착함을 잃었다.

기파와 이언은 의무실 외과 진료실 책상 밑에 숨어 있었다. 불이 꺼져 앞이 보이지 않았다. 문밖에서 사람들의 비명이 들렸다. 이언이 차분하게 물었다.

"나가봐야 하지 않겠습니까?"

기파는 무릎 사이에 얼굴을 파묻고 한동안 말이 없었다. 책상

위 컴퓨터에서 연구소 호출 알람이 계속되었다. 이언이 그를 흔들어봤지만 그는 고개를 들지 않았다. 한참 후에 그가 입을 뗐다.

"의사, 간호사, 치료사 중 생존자는 얼마나 돼?"

"몇 명인지 정확히는 모르겠습니다. 하지만 아까 제가 나갔을 때, 의사 시신 세 구를 발견했어요. 간호사 시신은 두 구, 치료사는 세 구입니다. 연구소에서 호출이 계속 오는데요."

기파는 낮게 신음을 내며 몸을 떨었다. 한동안 진동이 계속되었다.

"이언."

"네, 선생님."

"너도 공포를 느껴?"

"잘 모르겠습니다."

"실수는 하면서 공포를 느끼지 않는다니. 순 제멋대로군."

"사소하게 실수하는 모습은 인간다워 보이지만, 공포에 질린 모습은 미덥지 않게 보이니까요. 제 직업이 외과의로 설정되어 있어서 그런 것 같습니다. 어떤 사람이건 의사에게는 의존하는 경향이 있으니까요."

"그럼 의사는 누구한테 기대지? 모든 의사가 사명감에 불타서 자기 목숨을 버리며 일할 순 없다고…"

이언은 기파를 보았다. 그는 몸을 둥글게 만 채 벌벌 떨고 있었다.

"제가 나가볼게요."

자리에서 일어난 이언을 기파가 붙잡았다. 그는 고개를 재차 저으며 이언을 올려다보았다.

"너도 여기 있어."

"뭐가 그렇게 두려우신지요? 목숨을 잃을 게 두려우십니까?"

"여기서 일어나지 못하는 나 자신이 두려워."

진동이 갑자기 멈추고 정적이 흘렀다. 이언은 이제 그가 일어나서 환자를 찾아다니리라 생각했다. 그러나 그는 뜻밖의 말을 내뱉었다.

"이언, 어떤 명령이든 따르는 거지?"

"물론입니다."

"그렇담 앞으로 나 대신에 사람들을 치료하도록 해. 이젠 네가 기파야."

이언은 그의 얼굴을 바라보았다.

"제가 선생님이라고요?"

"다친 사람들을 치료하고 돌봐줘. 틈틈이 생존자도 찾아보고."

그는 어딘가에 홀린 듯 이야기했다.

"알겠습니다. 일이 전부 끝난 뒤엔, 어떻게 하면 될까요?"

"그때는 말이야, 그때는, 네가 하고 싶은 걸 해. 그때부터 너는 자유야."

"하지만…"

"미안."

기파는 그렇게 말하고는 자리에서 일어나 가운과 승선 카드를 이언에게 건넸다. 비로소 그의 얼굴에 안도의 빛이 서렸다. 이언이 뭐라고 말하기도 전에 기파는 재빨리 밖으로 나갔다. 그것이 그의 생전 마지막 모습이었다.

이언은 기파의 가운으로 바꿔 입었다. 승선 카드를 비롯해 소지품 전부를 기파의 것으로 바꿨다. 이제 그가 기파였다. 많은 생명을 구하고 돌보아야 했다.

명령을 제대로 수행하기 위해선, 기파의 얼굴부터 복제할 필요가 있었다. 그는 3D 프린팅을 생각해냈다. 설계도가 있는 생체 장기를 만들어본 적은 있었지만 특정인의 전신 외피를 만들긴 처음이었다.

처음에는 제작이 막막했다. 자신이 가지고 있는 데이터에 의존하여 3D 프린터실에서 기파 외형을 만들려고 했다. 하지만 그것으로 충분하지 않았다. 제대로 된 외형을 만들려면 기파 본인이 모델이 돼줘야 했다.

선내는 정전으로 어두웠다. 낮과 밤의 구별이 언제 있었는지 기억나지 않을 정도로 아득했다. 그는 기파가 입던 옷을 입고, 위생 마스크로 얼굴을 최대한 가렸다. 승객들이 그의 얼굴을 알아볼까 불안했으나, 헛된 걱정에 지나지 않았다. 사람들은 공포에 휩싸여 있었고 고통에 몸부림쳤다. 그의 얼굴을 제대로 보는 사람은 없었다. 하지만 그래도 그는 언제까지 얼굴을 가리는 것으로는 부족하다고 여겼다. 누군가 알아보는 것은 시간문제라고 생각했다. 그는 기파를 다시 만나야 했다. 하지만 얼마 후, 기파는 의무실 근처 계단 한쪽 시체 더미에서 발견되었다. 그는 기파의 시신을 시체 보관실로 옮겼다. 실제 기파를 보고 스캔을 할 수 있게 되니 결과물이 금방 좋아졌다.

복도와 객실에 널브러진 시체는 생존자들이 시체 보관소에 넣어두었지만. 보관소가 가득 찬 이후로는 그대로 방치되었다. 곧 은빛 파도가 움직이기 시작했다. 죽은 사람들은 부패하는 살덩어리로 인식돼, 쓰레기 소각장으로 옮겨졌다. 이후 소각장도 제대로 돌아가지 않게 되자, 절단된 채 식물원에 묻혔다. 이언은 시신 매장까진 막을 수는 없었지만 대신 유품과 옷가지들을 모아 회의실에 두었다. 그 나름의 장례식인 셈이었다.

그는 기파의 살가죽을 새로 만들면서 생존자를 찾고 사람들을 돌보았다. 기파의 카드로 의무실과 연구소에 출퇴근하는 시간에 리더기에 기록을 남기는 것도 잊지 않았다.

몇 번의 시행착오 끝에 조악하지만 기파와 닮았다고 할 만한 형상을 만들 수 있게 되었다. 가끔 기파가 즐겨 불렀던 노래도 조금씩 불렀다. 단순히 그를 흉내 내기 위해서라기보다는 그를 이해해보고 싶어서였다.

환자를 진찰하거나, 얼굴을 맞대고 대화를 해야 하는 경우도 있었다. 그럴 때면 승객들이 자신을 기파가 아니라고 의심하거나 두려워하면 어쩌지 하는 조바심이 들었다. 그는 완전하지 않은 살가죽에 사람들이 놀랄까 봐 얼굴을 보이는 것을 최소화하면서도, 조금 더 정교한 형상을 만들기 위해 프린터와 씨름했다.

그러나 아무도 그의 모습이 이상하다고 말하거나 놀라지도 않았다. 바이러스 전염병 때문이었다. 사람들은 눈이 멀어가고 있었다. 시각을 잃는 것으로 시작해 감각을 하나둘 잃어가다, 안색이 초록색으로 변하고 결국에는 혼수상태에 빠져 죽었다. 나쁜 생활환경으로 면역력이 약해진 섀도 크루들이 제일 먼저 병에 걸렸고, 승객들도 예외 없이 같은 증상을 보였다.

사람들은 그 전염병을 보고 우주에서 온 정체불명의 바이러스라고 했지만, 이언은 진실을 알고 있었다. 그것이 출항 때부터 지하에 있었다는 것을.

그의 외형은 아직 온전치 않았지만, 모두 눈이 어두워진 탓에 그를 기파라 여겼다. 아니, 그렇게 믿고 싶었는지도 몰랐다. 의지할 사람은 그밖에 없기 때문에 사람들은 그에게 '감사합니다, 기파 선생님'이라고 말했다. 그가 기파 행세를 하는 덕분에 오르카호는 조금이나마 안정을 찾아가고 있었다.

그는 로봇이기 때문에 전염병에 걸릴 일은 없었다. 반면 사람들은 편차는 있을지언정 예외 없이 죽어갔다. 교신을 담당한 승무원만 발병이 아주 더뎠다. 그녀는 기파에게 화면의 좌표를 불러달라고 했고, 눈도 보이지 않는 상태에서 최대한으로 교신을 시도했다. 그것 중 딱 하나가 지구에 가닿았다.

"저와 그분은 지구로 돌아가기 위해 분투했을 뿐입니다. 저는 승객들이 구조되길 바랐습니다. 저 또한 이곳을 벗어나고 싶었고요. 하지만 한편으로는 구조 인력이 오면 어떻게 해야 하나, 나는 어떻게 되는지 알 수 없어 두려웠습니다."

로봇이 잠시 말을 멈췄다가, 다시 말했다.

"저는 계속해서 생존자를 찾았습니다. 그때 전염병에 걸리지 않았지만 팔을 심하게 다친 사람을 발견했습니다. 맞습니다, 아누타 씨. 저는 당신을 돕기 위해 접근했습니다. 하지만 돌아온 건 금속 막대였죠. 그래도 포기하지 않았고 수술을 성공시켰습니다. 하지만 막대에 맞아 체온 유지 장치는 박살이 났고, 시스템에도 문제가 생겼는지 노래를 시도 때도 없이 하게 되었죠. 저는 사람들을 고칠 수 있었지만, 정작 저를 고칠 순 없었습니다. 회복 경과를 지켜봐야 했는데 도무지 엄두가 나지 않았어요."

아누타가 말했다.

"의무실 환자와 연결되어 있던 전선은 뭐야?"

"칩을 시험해보려던 거였습니다. 저를 찾으면 받게 되는 상품인데, 저는 사용할 수 없었어요. 생체 신호에만 반응하는 장치였습니다. 그래서 인간 환자들에게 사용해본 겁니다. 하지만 모두가 다 달랐습니다. 저는 그게 아직도 무슨 칩인지 알지 못합니다. 자, 이제 제 이야기는 끝났습니다. 제가 무엇을 잘못했습니까? 지구에서는 왜 저를 파괴하라는 건가요?"

충담의 머리가 지끈거렸다. 모든 이야기가 맞아떨어졌다. 로봇의 말대로라면, 인간 기파가 행한 것은 없었다. 지구에서 찬양하고 있는 기파의 업적은 전부 이 로봇의 것이었다.

"난 이곳에 기파 선생님을 구하려고 온 거야. 그저 선생님을 구하려고 왔다고."

"선생님은 시체 안치실에 있을 겁니다. 제가 거기에 보관해두었죠. 그는 승객들을 구하지 않았습니다. 제가 구했죠. 하지만 그렇다고 해서 제 공을 알릴 생각은 없습니다. 누구한테도 진실을 말하지 않겠습니다. 필요하다면 거짓 증언을 할 수도 있어요. 다른 사람들과 마찬가지로 기파 선생님을 찬양하겠습니다. 저를 지구로 데려가주십시오. 저도 구출해주세요. 부탁입니다."

로봇은 침착하게 말했다. 충담이 대답하지 않자 그가 다시 말했다.

"제가 인간들과 다르다는 걸 잘 압니다. 인간이 될 수 없다는 것도요. 하지만 인간을 이해해보려고 노력했습니다. 기파 선생님에 대한 모든 정보를 수집하였고, 거기에 맞춰 기파 선생님이라면 무엇을 어떻게 하셨을까 많이 고민했습니다. 저는 기파 선생님은커녕 인간조차 아니었기에, 결국 제가 인간이었다면 어떻게 했을까를 고민하게 되더군요. 유품을 모아 제 나름대로 고인을 기리기도 했고, 기파 선생님이 부르던 노래를 따라 부르기도 했습니다. 칩 연구도 인간을 이해하는 과정의 일환이었죠."

"네 말대로 너는 사람도 아니고, 사람들이 찾는 기파 선생님도 더더욱 아니야. 지구 사람들은 널 환영하지 않을 거야."

"제가 무얼 잘못했습니까? 어째서 지구로 돌아가지 못하는 거죠?"

충담은 주저했다. 로봇이 잘못한 건 없었다. 하지만 재단의 조건대로 하지 않는다면, 연이의 수술은 물거품이 될 수 있다. 애초에 이곳에 온 것도 연이를 위해서가 아니었던가.

그때 아누타가 충담의 손에서 교신기를 빼앗았다. 그녀는 지금까지 있었던 일을 기파재단에게 사실대로 이야기했다. 오르카호에서의 업적이 기파의 명령을 받은 로봇의 것이었다고. 충담은 차마 그녀를 말리지 못했다. 마침내 교신이 끝났고, 그녀가 로봇을 보며 말했다.

"너는 쓸모없지 않았어. 네가 나를 구한 건 사실이야. 하지만 나는 사실을 알려야 할 책임이 있어."

그리고 그 말이 채 끝나기도 전에, 바이털사인 체크 기계의 전자음이 불규칙해지고 격렬해졌다. 그들은 마지막 환자 근처로 달려갔다. 로봇이 유리 벽 안으로 들어가 응급처치를 하려고 했지만 이미 늦었다. 모니터에 끝없이 수평선이 이어지고 있었다.

아누타는 유리 벽에 얼굴을 대고 침대 밑을 살폈다. 가상 체험 장비와 영상 녹화 장치가 있었다. 그녀는 이것들을 꺼내어 빈 벽에 영사했다. 생일 파티용 고깔모자를 쓴 두 아이가 화면에 나왔다. 엄마가 왔다며 현관에서 신발도 신지 않고 달려온 아이들이 엄마 품에 안겼다.

"생일 축하합니다!"

"엄마, 우리랑 계속 여기서 살아요."

여자의 목소리가 들렸다.

"2년만 기다리면 이제 계속 같이 살 수 있을 거야. 밤하늘을

보면서 엄마를 기억해주렴. 오늘은 너희가 좋아하는 케이크를
사 왔단다."

"오늘은 엄마 생일인데요?"

"너희가 잘 먹어주는 게 최고의 선물이야."

아이들은 집 안을 뛰어다녔다. 표정이 환했다. 화면은 그들을
따라다니며 비추었다. 아누타는 이 영상이 무엇을 의미하는지,
다른 영상과는 어떻게 관련이 있는지 생각했다. 화면에 주의 표
시가 떠올랐다. 체험자의 생체 신호가 잡히지 않아 잠시 후 종
료된다고 쓰여 있다가, 곧 꺼졌다. 그녀는 환자의 몸에 붙어 있
는 장치와 연결된 전선들을 살폈다.

19. 기파의 최후

충담은 아누타가 집중하여 전선을 살피는 것을 보다가, 얼굴을 찡그리며 벽을 짚었다.

"나는 좀 쉬어야겠어. 침대에 누워 있을게."

아누타가 걱정스러운 눈빛으로 쳐다보았다. 충담은 거기에 집중하라고 그녀에게 손짓했다. 그는 비틀거리며 병실을 나왔고, 로봇도 다리를 절뚝이며 따라왔다. 그는 최대한 아누타가 있는 곳에서 먼 병실로 들어가 침대에 누웠다. 로봇이 물었다.

"제가 살펴보겠습니다."

충담은 고개를 끄덕이며 어깨를 매만졌다. 로봇이 가까이 다가와 그 부위를 살폈다. 차가운 기운이 느껴졌다. 그는 로봇이 진찰하는 것을 지켜보다가, 한쪽 손으로 조심스럽게 칼을 꺼냈다.

그는 로봇을 싫어했다. 로봇에게 이미 한 번 행복을 빼앗겼기에, 다시 또 자신을 방해한다면 한 치의 망설임도 없이 파괴할 거라 다짐했었다. 하지만 지금은 망설여졌다. 눈을 질끈 감았다. 다른 생각은 하지 말아야 한다. 그는 아주 재빠르게 옆구리를 찔렀다가 빼냈다. 이 광경을 아누타가 보지 않았으면 했다.

로봇은 주춤거렸다. 비틀거리며 충담에게서 멀어졌고, 이내 중심을 잃고 뒤로 넘어졌다. 떨리는 목소리로 로봇이 입을 열었다.

"제가 아니었다면 지금까지 제대로 된 치료도 못 받았을 겁니다."

충담은 침대에서 내려와 그를 공격했다. 칼로 찌를 때마다 살가죽 아래 단단한 금속이 느껴졌다. 로봇은 공격을 회피하려고 했으나 매번 실패했다. 그가 몸을 뒤집어 웅크리고 필사적으로 의무실 출구로 기어가며 말했다.

"제가 한 일이 헛된 일이었습니까?"

"아니, 인간이었다면 존경받고도 남아. 네 문제는, 네가 로봇이라는 거야. 아무도 네가 한 일이라고 인정하고 싶지 않아 해. 지구로 가고 싶댔지? 어디로 갈 거야? 널 반기는 사람이 있어? 아누타에게 사정한들 널 데려가줄까? 그렇다고 해도 바로 걸릴 걸. 날 기다리는 사람이 있어. 널 파괴해야 그 사람이 살아. 나는 꼭 돌아가야만 해."

상태로 보아 멀리 도망가지 못할 것을 깨달은 충담은 그의 도주를 주시했다. 로봇은 의무실을 벗어나 복도 난간에 다다랐다. 그때, 충담의 교신기에서 음성이 흘러나왔다.

"다시 한 번 말합니다. 미확인 로봇을 파괴하십시오. 지구로 반입해선 절대 안 됩니다. 그리고 조건이 추가됩니다. 첫 번째, 기파 선생님의 시신을 싣고 오십시오. 두 번째, 지구에 돌아와 침묵하십시오. 생존자도 마찬가지입니다. 생존자에겐 따로 사례금을 드리도록 하죠. 재단 측에서 발견자분과 생존자분의 신변을 보호해드리겠습니다. 하지만 이 제안을 거절할 시에는 어떤 보상도, 신변 보호도 없을 것입니다. 만약 제안을 수락한 후 생각이 바뀌신다면… 글쎄요. 충담 씨. 생체 심장 제작에서부터 수술, 사후 관리까지 저희 측 후원사에서 제공하는 것입니다. 수술이 끝난 뒤에도, 따님의 심장은 여전히 우리 것이나 다름없다는 걸 명심하십시오. 따님 몸속에서 뛰고 있다고 한들, 결국 우리가 멈춰버린다면 무슨 소용이 있겠습니까. 모쪼록 잘 생각해주시기 바랍니다."

로봇은 비틀거리며 난간을 잡고 일어났다. 충담과 로봇 사이에 침묵이 흘렀다. 둘은 서로를 응시했다.

"그렇군요… 알겠습니다. 사람들을 도와준 일에 후회는 없습니다. 보람을 느꼈어요. 내가 무언가 가치 있는 일을 하고 있다는 생각이 들었죠. 비록 기파 선생님 대행일 뿐이었지만, 제가 느끼는 성취감은 진짜였습니다. 오롯이 제 것이었죠."

로봇의 눈빛이 심상치 않았다. 로봇은 더는 애원하지 않았다. 이마에 손을 짚고 있더니 마치 이렇게 될 줄 알았다는 듯 웃음을 지었다. 충담은 두 손으로 쥔 칼을 앞으로 뻗었다. 더 다가오면 칼을 휘두르겠다는 듯이. 하지만 로봇은 그것을 무시하고 한 발씩 충담에게 나아갔다.

"기파 선생님은 생존자를 다 찾아서 치료한 후, 제가 하고 싶은 걸 하라고 말씀하셨죠. 저는 사고가 일어난 후에 쉬지 않고 생존자를 찾아 돌보았습니다. 혼자서 온 우주선을 샅샅이 다 뒤졌어요. 침대에 누워 있던 환자가 제 마지막 환자였습니다. 이제 남아 있는 생존자는 없습니다. 이제 전부 끝났군요."

"그래. 다 끝났어."

로봇은 다리를 절뚝거렸지만 방향은 틀어지지 않았다. 칼끝이 떨렸다. 충담은 주춤거리며 뒷걸음질 쳤다.

"마지막은 제가 선택하고 싶습니다. 이 정도는 괜찮겠지요."

그에게 가까이 선 로봇은 오른손으로 칼날을 꽉 쥐었다. 칼날이 살가죽을 베는 느낌이 손잡이를 통해 전달되었다. 칼이 꿈쩍

도 하지 않았다. 충담은 자신 앞의 존재가 인간이 아님을 다시
금 깨달았다.

로봇은 지치지도 않고 멈추지도 않았다. 충담은 결국 그에게
칼을 빼앗겼다. 로봇은 너덜너덜해진 손바닥으로 칼을 쥐고 들
었다. 충담이 두 손을 들며 물러나자 로봇은 칼을 돌려 칼자루
를 잡았다.

로봇의 눈빛은 지금까지와 달랐다. 마치 타오르는 듯했다. 기
계에게서 느껴본 적 없는 느낌이었다. 충담은 두려웠다. 로봇은
충담을 보고 있지 않았다. 그는 그 너머, 결코 닿을 수 없는 무
언가를 응시하고 있었다. 그제야 충담은 깨달았다. 이 로봇은
단순히 인간을 닮은 게 아니다. 인간 이상의 무언가다.

"사람들은 마음대로 저를 만들었습니다."

"사람도 마찬가지야. 자기가 원해서 태어나는 사람은 없어."

"좋습니다. 그럼 죽음은 어떤가요? 사람은 자기가 원하지 않
으면 죽임당하지 않죠. 저는 파괴당하길 원치 않습니다. 저는
파괴당하지 않을 겁니다."

아누타가 의무실 밖으로 뛰어나오며 말했다.

"이제 알겠어!"

그녀의 밝은 표정이 충담과 로봇을 보고 순식간에 굳어졌다.
충담은 물론이고 아누타도 그를 해친 적이 있었다. 지금 로봇이

라면 파괴당하지 않기 위해서 무슨 일이라도 저지를 태세였다. 로봇이 사람을 죽이지 않게 프로그래밍되었다고 하더라도, 눈앞의 로봇은 일반적이지 않았다. 저 눈빛은 프로그래밍의 결과물 따위가 아니었다. 그는 살아 있었다.

충담은 너덜너덜해진 로봇의 손과 얼굴을 교대로 바라보았다. 도무지 방법이 떠오르지 않았다. 머릿속이 새하얘졌다. 그때 로봇이 입을 열었다.

"나는 기파가 아닙니다. 나는 여기에 있습니다."

로봇은 충담을 겨누던 칼끝을 돌려 자신을 향하게 했다. 그리고는 지체 없이 자신의 가슴을 찔렀다. 아누타가 다급히 다가왔다. 찢어진 살가죽 사이로 강한 스파크가 일었다. 균형을 잃고 쓰러지는 로봇의 눈엔 아무것도 담겨 있지 않았다. 로봇은 난간에 등을 대고 바닥에 주저앉았다. 아누타와 충담이 허리를 굽혀 그의 얼굴을 살폈다. 인간을 흉내 내던 호흡 시스템이 서서히 잦아들었다. 로봇이 그녀를 인식하고 힘겹게 입을 열었다.

"그 작은 광장에서의 시간은 무척 편안했습니다. 당신과 있을 때는 편히 쉴 수 있었습니다. 저는 우리가 친구일지도 모른다고 생각했습니다."

그는 말을 마치고 미소를 지어 보였다. 그게 끝이었다. 감기지도 못한 두 눈이 완전히 생기를 잃었다. 아누타는 자리에 멈쳐 섰다. 그에게 할 말이 떠오르지 않았다. 그가 스스로 목숨을 끊는 순간, 그녀는 함께 별을 보던 시간을 떠올렸다. 가슴 떨리면서도 평온했던 시간이었다. 지구 사람들이 그를 성자라 하든, 로봇이라 하든 중요치 않았다. 그들은 진정 그를 알지 못한다. 둘이 나누었던 유대감을 그들로선 결코 알지 못할 것이었다.

그녀는 그의 행동이 진심이었건, 프로그래밍돼 있었건, 혹은 명령에 따른 것이었건 상관없다고 생각했다. 그녀는 제 팔을 들어 봉합된 상처를 바라보았다. 누가 뭐라고 해도 상관없었다. 그녀가 그에게 치료를 받았다는 사실은 변함없었다. 그녀가 나지막이 중얼거렸다.

"내겐 그가 진짜 오르카의 성자였어…"

충담은 로봇을 내려다보았다. 충담은 로봇의 가슴에서 칼을 빼내려 했지만 아무리 힘을 주어도 칼은 빠지지 않았다. 숨이 끊어지면 온몸의 힘이 풀리는 인간과 달리, 그것은 원래 그렇게 만들어진 조각상같이 보였다. 그 광경은 그가 자신을 파괴했다는 명확한 증거로 남을 것이다.

한기가 느껴져 충담은 몸서리쳤다. 피가 차갑게 식었다. 지금까지의 일이 꿈처럼 느껴졌다. 하지만 두근대는 심장 박동이 그것이 환상이 아님을 알려주고 있었다. 안도의 숨을 내쉬어야 하는 건가. 그는 혼란스러웠다. 다 끝났다. 이제 승선할 때 되뇌었던 이야기대로만 하면 되었다. '기파 선생님을 모시고 나와, 우주선을 타고 지구로 간다.' 그렇게 하면 연이는 심장 수술을 받게 된다. 문제 될 것 없는 결말이었다.

하지만 여전히 고민은 남아 있었다. 이대로 괜찮은 걸까? 진실을 알려야 하지 않나? 만약 재단을 무시하고, 진실을 알린다면 어떻게 될까? 기파의 위신이 땅에 떨어지고, 관련된 책과 다큐멘터리가 소리 소문 없이 사라질까? 그럴 것 같진 않았다. 확신할 수 있는 건 하나 있었다. 어찌 되었든 충담은 진실을 알린 대가를 치르게 될 것이다. 연이의 수술은 없는 일이 될 것이며, 어쩌면 재단 측에서 보복을 가할지도 모른다.

만약 충담이 침묵한다면 기파는 영원히 성자로 기억될 것이었다. 연이도 생체 심장을 얻어 새로운 삶을 살게 될 것이다. 그만 눈감는다면 모두가 나쁠 것이 없었다. 침묵의 희생자는 오직 1명, 아니 단 1대의 로봇이었다. 로봇은 분명 존재했지만, 너무도 쉽게 존재하지 않았던 것이 될 수도 있었다. 로봇의 존재를 아는 건 충담과 아누타뿐이었다. 그는 누구의 가족도, 부모도, 자식도, 친구도 아니었다. 그렇다면 남은 선택은 한 가지뿐이었다. 충담은 아랫입술을 꽉 깨물었다. 그는 정적을 깨고 아누타에게 제안했다.

"시체 보관소에 가서 시신을 꺼내 오자."

그녀는 로봇을 뚫어지라 응시하다 천천히 고개를 저었다.

"여기서 마지막으로 해야 할 일이 있어. 오래 걸리진 않을 거야."

"그럼 끝나고 승선장으로 와."

아누타는 계단을 달려 내려갔고 충담은 시체 안치실로 향했다. 기파의 시신에서는 악취가 진동했다. 가슴 쪽에 발자국 흔적이 선명했다. 아까는 긴가민가했지만 이제는 분명했다. 기파는 소행성 충돌 당시 자신의 자리를 버리고 도망쳤다. 오르카호의 성자와는 거리가 먼 인간이었다. 하지만 사람들은 이 시신에다 굉장히 의미를 부여하겠지. 그는 로봇에 관해 생각하지 않으려고, 담담해지려고 애썼다.

충담은 몇 차례 구역질 끝에 시신을 꺼냈다. 죽은 자는 너무도 무거웠다. 팔과 어깨에 고통이 엄습했다. 두 다리를 잡고 끌고 갈 수밖에 없었다. 그는 온 힘을 다해 한 걸음씩 내디뎠다. 입에 손전등을 물어 시야를 확보했다. 아래층 로비로 향하는 계단이 저 멀리 보였다.

얼마나 걸었을까 등 뒤로 파도가 밀려오는 소리가 들려왔다. 뒤를 돌아보지 않아도 알았다. 어둠 속에서 은빛 파도가 이쪽으로 다가오고 있었다. 기파의 시신을 덮치려고 하는 듯했다. 충담은 온 힘을 다해 파도의 손아귀에서 벗어나려 걸음을 서둘렀다.

입자 몇 개가 재빨리 튀어 올라 시신의 등에, 신발과 다리에 붙었다. 그는 서둘렀다. 거대한 파도가 물밀듯 그를 덮쳐 오려 했다. 시신을 빼앗길 수 없었다. 복도 끝에 출구가 보였다.

그는 출입 버튼을 다급히 눌렀고, 문이 열리자마자 열린 틈새를 비집고 들어갔다. 승선 장소였다. 그는 닫힘 버튼을 빠르게 눌러댔다. 문에 달린 창을 통해 은빛 파도가 쫓아오는 것이 보였다. 미처 닫히지 못한 틈으로 입자들이 들어올 때마다, 충담은 발로 밟아 짓이겼다. 문이 닫혔다. 거친 숨을 몰아쉰 그는 시신을 바닥에 내려놓았다. 그런 다음 문에 등을 대고 미끄러지듯이 주저앉았다.

그는 손전등 불빛으로 자신의 몸과 시신을 살폈다. 파도에서 떨어져 나온 입자는 빛을 피해 어둑한 그늘 속으로 사라졌다. 입자는 동력이 다할 때까지 오르카호를 돌아다닐 터였다. 로봇도 은빛 파도가 정리하겠지. 로봇은 식물원에 매장되진 않겠지만 보이지 않는 곳으로 옮겨질 것이다.

파도가 문을 세차게 때리는 소리가 들렸다. 그는 귀에서 파도 소리가 떠나갈 때까지 그곳에 앉아 있었다.

충담은 교신기를 들었다. 더는 안쪽에서 있었던 일을 생각하고 싶지 않았다. 그는 숨을 가다듬은 후, 송신 버튼을 눌렀다.

"충담입니다. 기파 선생님의 시신과 생존자 1명을 찾아 지구로 돌아갑니다. 저는 생체 심장 수술을 원합니다."

이것으로 다 되었다고 생각했다. 멀지 않은 곳에 그가 타고왔던 우주선이 있었다. 그는 몸을 일으켜 문 쪽을 보았다. 창 너머로 입자들이 물거품처럼 튀어 오르는 모습이 보였다

충담의 우주선에 시신을 보관할 만한 곳은 음식 보관용 냉동고밖에 없었다. 그는 시신을 냉동고 안으로 구겨 넣었다. 그는 시신 상반신에 묻은 발자국을 털어보려 했지만 지워지지 않았다.

한참 후 아누타가 입구에서 빠져나와 우주선에 타며 말했다.

"이제 다 끝났어."

그녀는 오르카호의 입구를 흘끔 돌아다보며 말없이 고개를 끄덕였다.

20. 에필로그

 텔레비전 화면 속에서의 기파의 모습은 거룩했다. 먼지만 날리는 천막 속에서 그는 낡은 옷을 입은 환자들을 돌보고 있었다. 지쳐 보이는 얼굴에 잠시 미소가 스쳤다. 카메라는 그 장면을 놓치지 않고 얼굴을 클로즈업했다. 충담과 아누타는 영상을 물끄러미 쳐다보았다. 아누타가 입을 뗐다.

 "마지막 환자 기억나?"

 충담은 고개를 끄덕였다.

 "그 사람 목덜미에 붙어 있던 칩이랑 거기에 연결된 걸 좀 살펴봤거든."

 "뭔가 알아냈어?"

 "일반적인 가상 체험과는 달랐어. 영상기사가 만든 가상 공간을 보여주는 게 아니라, 머릿속에서 바로 조성되는 방식이더라고. 꿈을 꾸듯이 말이야. 그 칩은 영상기사나 기계가 필요 없었어. 그래서 칩을 목덜미에 붙이기만 하면 체험이 가능해. 녹화도 되는 것 같고."

"그게 마지막으로 할 일이었어?"

아누타가 고개를 저으며 말했다.

"영상기사가 할 일은 하나밖에 없지. 영상 만드는 거."

충담이 기파 시신을 찾으러 갔을 때, 그녀는 영상이 일렁이던 복도를 찾아갔다. 영상들은 지극히 일상적이고 사사로운 행복들을 비춰냈다. 고통스럽거나 두려운 내용은 전혀 없었다. 이용자들이 과거에 실제로 겪었던 일인 걸까, 아니면 자연스럽게 연출한 멋진 허구인 걸까. 훌륭한 영상기사라면 이 정도의 영상을 만드는 것은 어렵지 않았다. 그녀는 영상이 실제로 일어났던 일인지 아닌지 굳이 따지고 싶지 않았다.

그녀는 영상을 뿜어내는 프로젝터 전원을 껐고, 어둠 속에서 전선과 프로젝터를 분리했다. 그녀는 빔프로젝터를 들고 로봇 곁으로 갔다. 그리고 가용한 모든 전선을 뽑아 하나로 연결해 긴 전선을 만든 후 프로젝터에 연결했다. 그녀는 전선을 들고 계단과 로비를 지나 가상 체험 영상 제어실로 들어갔다.

"뭘 한 거야?"

충담이 물었다. 아누타는 팔짱을 끼고 텔레비전을 바라보았다. 화면에서는 여전히 기파가 사람들을 치료하고 있었다. 한참을 말없이 화면을 바라보던 그녀는 입을 열었다.

"내가 그라면, 어떤 순간이 제일 행복했을지 생각해봤어."

"행복한 순간이라…."

충담은 행복한 순간이라는 말을 마음속으로 곱씹었다. 로봇은 칩이 만들어내는 영상을 이해하고 싶어 했다. 하지만 그는 끝끝내 영상들이 무엇을 의미하는지 파악하지 못했다. 로봇에겐 과연 그런 순간이 있긴 했던 걸까? 그의 생각을 읽기라도 하듯 아누타가 물었다.

"그에게도 행복한 순간이 있었을까?"

"창밖 우주를 감상하던 때 행복했겠지. 적어도 나는 그렇게 생각해."

충담이 대답했다. 그는 그녀가 이 대답에 안심하기를 바랐다. 하지만 그녀는 시선을 다른 데로 돌리며 고개를 저었다. 퍽 재미있다는 표정이었다.

"그렇게 끝났다면 좋았을 텐데."

그녀는 입술을 꽉 깨물고 침묵했다. 충담은 아무 말도 하지 않았다. 그녀는 다시 말을 이어갔다.

"그는 그 칩을 사용하지 못해. 생체 신호가 없으니까. 하지만 내가 만든 가상 체험은 영상으로 녹화할 수 있어. 누구라도 편안하게 영상으로 볼 수 있지. 그래서 그를 위해 만들었어. 그가 기억하는 가장 행복한 순간을 불러올 수는 없지만, 그와 비슷한 건 만들어줄 수 있어. 아니, 더 멋지고 근사한 걸 만들어주고 싶었어."

영상 제어실에 도착한 아누타는 언제라도 전력이 끊어질 수 있다는 생각에 마음이 급했다. 그녀는 작업을 서두르되 빈틈없이 매끄럽게 진행해나갔다. 마지막 손님이 만족할 만한 가상 체험 영상을 선사하고 싶었다. 그녀는 어느 때보다 세심하게 작업물을 살폈다.

로봇을 위해 가상 체험 영상을 만드는 날이 오리라곤 꿈에도 생각지 못했다. 하지만 이 손님은 사람들이 익히 알고 있는 로봇이 아니었다. 자신을 구해준, 지구 인간들이 찬양해 마지않는 성자 기파였다.

그녀는 1분 남짓의 짤막한 완성품을 마지막으로 테스트해본 후, '무한 반복' 옵션에 체크했다. 그리고 시작 버튼을 눌렀다. 삼각뿔 모양의 투명한 빔프로젝터에서 불빛이 흘러나왔다. 주변 벽이 따스한 색으로 환하게 물들였다. 그 화면 속에서 로봇이 환자를 치료하고 있었다.

오르카호의 의무실이었다. 로봇은 아누타의 기계 눈을 진찰하고 있었다. 그녀는 붕대로 두 눈을 가리고 있어 앞이 보이지 않았다. 로봇이 부드럽게 말했다.

"자, 아누타 씨. 기계 눈을 떼어냈습니다. 이제 붕대만 제거하고 나면 새로운 세상이 펼쳐질 겁니다."

아누타가 웃었다.

"의사 선생님의 이름을 부르며 감사하다고 말하고 싶은데, 눈이 안 보여서 명찰을 볼 수가 없어."

"말씀만이라도 감사합니다."

로봇이 웃었다.

"선생님의 이름이 뭐지? 아니, 누구인가는 중요하지가 않겠지. 누구라도 상관없어. 따뜻한 손이야. 아주 따뜻한 손."

"감사합니다."

그가 꾸벅 인사를 하며 웃었다.

아누타는 자신이 만든 영상을 몇 번이고 재생해서 지켜보았다. 전력이 다 끊길 때까지, 영상은 언제고 다시 재생되고, 재생될 것이었다. 영상에서 로봇은 아누타가 이제까지 만들었던 어떤 웃음보다도 자연스럽고 따뜻하게 웃었다.

그녀는 로봇의 상체를 들어 올려 벽에 등을 기대게 했다. 로봇은 영상이 투영되는 벽을 바라본 채 앉혀져 있었다. 로봇의 초점 잃은 눈동자 위로 영사기의 불빛이 일렁였다.

스튜디오 아나운서가 이야기했다.

"장례식이 끝났습니다. 이로써 오르카호의 성자는 우리 곁을
떠났습니다. 기파복지재단은 지금까지 받은 후원금 대부분을
그의 생전 유지를 받들어 전 세계 개발도상국 아동들을 위해 사
용할 것이라고 밝혔습니다. 전 세계에서 오르카호의 성자를 추
모하는 물결이 '기파 신드롬'이라고 불릴 정도로 열풍이 거센데
요. 시민들 이야기를 들어보겠습니다. 김 기자, 인터뷰 진행해주
십시오."

평범한 사람들의 이야기가 들렸다.

"기파 선생님을 보고 아들놈이 공부를 열심히 하겠답니다. 어
려운 사람을 돕는 멋진 의사가 되고 싶다고 하더군요."

"인간을 넘어선 경지 아니겠습니까. 동시대를 사는 사람으로
서 참 자랑스럽습니다."

충담은 자리에서 벌떡 일어섰다. 더 이상 듣고 싶지 않았다.
온통 거짓말뿐이었다. 하지만 그 거짓말을 거짓이라 말할 수 없
었다. 연이를 살리기 위해서는 어쩔 수 없었어. 기억을 잃은 것
처럼 살아가야지. 오르카호에서의 일은 전부 없었던 거야. 어떻
게 내가 그런 곳에 있을 수 있었겠어. 그럼, 그렇고말고. 충담은

마음속으로 계속 되뇌었다.

어느새 눈이 펑펑 내리고 있었다. 병원 창틀에도, 옥상에도. 이 도시를 모두 흰색으로 덮어버릴 작정인 것처럼. 아누타도 그를 따라 일어났다. 그의 상태를 눈치챈 듯했다.

"병실로 가자. 너무 여기 오래 있었어."

그녀가 재촉했다. 둘은 연이의 병실로 걸음을 옮겼다. 휴게실이 멀어짐에 따라 자연히 텔레비전 소리도 점점 줄어들었다. 아나운서, 리포터, 인터뷰에 응하는 시민들의 목소리가 아득히 멀어졌다. 하지만 뒤이어 들리는 목소리는 먼 거리를 뚫고 충담의 귓가에 정확히 박혔다.

"…글쎄요, 왜 오지에 가서 아픈 사람들을 고치느냐고요? 저도 잘 모르겠어요. 일종의 사명처럼 느껴져요. 꼭 누군가 시킨 일처럼요…"

기파의 목소리였다. 로봇이 따라 했던 목소리와 완전히 똑같았다. 외면하려 했지만 그럴 수 없었다. 그는 곤히 자고 있는 연이를 바라보았다. 아이에게서 눈을 떼지 않은 채로 그녀에게 말을 걸었다.

"이대로도 괜찮은 걸까?"

연이가 덮고 있는 흰 시트가 호흡에 맞추어 올라갔다 내려가길 반복했다. 표정이 아주 편안해 보였다. 아누타는 그의 어깨를 어루만졌다.

"이대로도 괜찮은 거겠지? 제발 그렇다고 해 줘."

아누타는 고개를 끄덕이며 말했다.

"하지만 통증은 사라지지 않을지도 몰라."

충담은 가슴의 통증을 또 느끼기 시작했다. 그가 말했다.

"그래, 아마 평생 사라지지 않겠지."

대학원 수업 과제를 위해 한창 『삼국유사』를 읽고 있을 때였습니다. 그중에서도 저는 학창 시절 시험에 나온다고 외웠던 〈찬기파랑가〉 부분을 읽으며 추억에 젖어 있었습니다. 예전엔 신라 화랑 '기파'를 찬양하는 노래라는 사실만 외우고서 별생각 없이 넘어갔는데, 다시 읽어보니 이런저런 의문이 생기더군요. 과연 그는 실제로 찬양받을 만한 행동을 한 인물일까? 혹시 향가에 대한 해석이 잘못된 것은 아닐까? 그런 행동을 하지 않았지만 그렇게 전해 내려오기 때문에, 찬양받을 만한 사람이라고 여기는 것은 아닐까 하고요.

그래서 그 인물에 대해 조사를 해봤습니다. 화랑이라는 설이 일반적이었지만, 일각에서는 부처를 치료했다고 알려진 고대

인도의 의사 '지바카'라는 설도 있었습니다. 우리에게 익히 화랑으로 알려진 기파가 사실 의사였을 수도 있다는 것. 어떻게 해독하느냐에 따라 사실이 뒤바뀔 수 있다는 지점에서 시작한 이야기가 바로 『기파』입니다.

시작한 김에 지금 여기서 최대한 멀리 떨어진 곳에서, 예상치 못했던 일을 만들어보고 싶었습니다. 과거부터 전해 내려오는 이야기와 미래를 다루는 SF를 접목해보면 어떨까 생각했죠.

일단 글을 쓰기에 앞서 메모장에 우주에 떠 있는 고래 한 마리를 그렸습니다. 우주를 유영하는 거대한 고래. 그런 고래의 모습을 한 우주선을 소설에서 꼭 한 번 써보고 싶었거든요. 우선 가로로 선을 그어 층을 구별했습니다. 그런 다음 생존에 필수적인 시설과 승객들이 원할 만한 시설을 따로 그렸습니다. 그리고 클리어 파일에 모아놓은 자료를 통하여 승무원과 승객의 비율, 선내 면적 등을 가늠해봤습니다.

규모가 대략 완성되었을 무렵, 저는 몇 번이고 거대 우주선에 탑승해 내부를 탐사하는 상황을 상상해봤습니다. 1인칭 어드벤처 게임 속 주인공처럼요. 우주선에서 낯선 사람을 만나고, 예상치 못한 장애물도 맞닥뜨리고, 아이템도 얻으면서 진상을 파악해나가는 겁니다. 그렇게 주인공이 예상하지 못할 사건을 끊임없이 만들며, 사건의 진실을 파헤치는 이야기를 써보았습니다.

이처럼 상상하며 글을 쓸 때, 저는 음악을 끊임없이 듣는 편입니다. 분위기를 조성하는 데에 음악과 그림은 많은 도움이 되었습니다. 또한 도저히 글을 쓸 여력이 나지 않을 때는 분위기와 감을 잃지 않기 위해 작품 속에 나타날 만한 장면과 비슷한 이미지를 모으곤 했습니다.

구상할 때는 구스타브 홀스트가 작곡한 관현악 모음곡 〈행성(The Planets)〉을 많이 들었으며, 퇴고 때에는 〈프랑켄슈타인(Frankenstein -a New Musical)〉뮤지컬 넘버를 즐겨 들었습니다. 피터 브뢰겔과 카스파 다비드 프리트리히, 장 지로(뫼비우스), 숀 탠의 그림에서도 많은 영감을 얻었습니다.

이야기를 구성하는 데 6년이라는 꽤 긴 세월이 걸렸습니다. 초고를 쓰고 난 후, 몇 번의 퇴고를 거쳐 단편에서 중편으로, 중편에서 장편으로 규모를 키워나갔습니다. 그렇게 분량이 길어질 때마다 짧게는 며칠, 길게는 몇 년 동안의 휴지기가 있기도 했습니다.

그동안 사회는 많이 바뀌었습니다. 그렇기 때문에 출간 준비를 하면서 제일 신경이 쓰였던 부분은 인물의 독백이나 대화 속에 등장하는, 제가 과거에 썼던 표현들이었습니다. 이 시대의 여러분과 만나기 위해 문장을 여러 차례 수정했습니다. 부디 제 진심이 가닿길 바라고, 또 바랍니다.

박상준 _서울SF아카이브 대표

　3회째를 맞는 한국과학문학상은 1, 2회 때보다 여러 면에서 주목할 만한 발전을 보여주었다. 첫해에 예상을 뛰어넘는 300편의 응모작이 들어와 즐거운 비명을 지르며 심사했던 기억이 아직도 새로운데, 장편 부문이 추가로 신설된 이듬해에는 응모작 수가 220편으로 줄어든 반면 응모작들의 전반적인 수준은 더 올라갔다. 게다가 2회 때의 장편 및 중단편 부문 대상 수상자는 각각 준비된 작가였음을 이내 드러내며 곧장 SF계에서 주목받는 신인으로 발돋움하여 뿌듯하기 그지없다.

　이번 3회 공모에 응모한 작품 수는 다시 280편으로 늘었다.

장편까지 감안하면 응모 열기가 갈수록 뜨거워지는 셈이다. 다만 중단편 부문은 응모작들의 수준이 이전보다도 더 상향평준화한 경향을 보여 고무적이었던 반면, 장편 응모작들은 전반적으로 기대에 미치지 못해 아쉬웠다. 최종 심사 때도 가작 이상의 입상권 작품들을 고르는 데 상당한 진통을 겪었던 중단편 부문과는 달리 장편은 비교적 일찍 대상작을 선정할 수 있었다.

　장편 부문은 원래 5편을 본심에 올리기로 했으나 논의 결과 4편만으로 진행했다. 그리고 그중에서 『기파』를 대상작으로 정하는 데에 별 이견이 없었다. 기본기가 갖추어져 있고 SF라는 장르에 대한 이해도가 높았으며 이야기의 완성도와 구성도 무난했다. 그에 더해서 아이디어 및 그와 결합한 세계관의 수준도 돋보였다. 최근 한두 해 사이에 AI와 로봇에 대한 사회적 논의가 놀랍도록 팽창한 것을 실감하면서 다시금 안드로이드의 주제가 갖는 의미심장함을 떠올리게 된다. 아마 이 작품이 제시한 설정은 인간과 안드로이드의 상호 인식 및 이해라는 관점에서 앞으로 오랫동안 현실의 레퍼런스로 유효할 것이다. 안드로이드라는 직접적인 대상으로서만이 아니라 하루가 다르게 발전하는 과학기술 그 자체의 메타포로서도 말이다. 『기파』는 그런 메시지를 효과적으로 전달하기 위해 작가가 상당히 공을 들인 흔적이 역력했다.

　다른 응모작들은 이에 비하면 기본기 미달이나 가치관의 지나친 편향 등 여러 약점을 최소 한두 가지씩은 지니고 있었다. 이에 대해서는 다른 심사위원들이 상세히 거론하고 있으므로 생략하기로 하며, 다만 'SF의 전복적 상상력'이 '철학의 빈곤'을 변호해주지는 못한다는 점을 응모자들이 명심하길 당부드린다.

　해가 갈수록 눈에 띄게 넓어지고 있는 우리나라 창작 SF의 저변에서 한국과학문학상은 명실상부하게 든든한 지주 역할을 맡고 있다고 해도 과언이 아니다. 새롭게 탄생한 작가에게 진심으로 축하와 응원을 보내며, 앞으로 모든 편향을 걷어내고 세계와 우주 안에서 휴머니티의 의미를 탐구하는 SF의 길에 멋진 동반자로 함께하기를 새삼 기원한다.

김보영 _소설가

　작년에 비해 투고작들의 수준이 크게 올랐다. 공모전의 이름이 알려지고 그 성과가 유의미하게 나왔기 때문이려니 한다. 작품의 소재도 다양해졌고, 대부분 완성도의 차이가 있을 뿐 평범하게 소설이었다. 분노와 혐오를 정의라 믿고 설파하는 글이 없었다고는 말할 수 없지만, 확연히 줄어든 것만으로도 행복했다.

　작품의 전체적인 수준이 올랐다는 것은 투고자들에게는 부담스러운 일일 수 있겠지만, 상의 권위는 그만큼 오른다는 뜻이다. SF로 수상한 경력만 없으면 기존에 SF를 쓰던 작가도 데뷔 2년 이내에는 도전해볼 수 있는 상이니, 지금 좋은 결과가 없었던 분들도 계속 도전해보시기를 권한다.

우리가 이미 고전 SF 작가들이 상상한 미래에 살고 있다는 사실을 이해할 필요가 있다. 로봇은 이미 있으니 당신이 창조한 미래인이 로봇의 아버지가 될 가능성은 별로 없다. 우주 진출도 오래전부터 했으니 역시 당신이 창조한 미래인이 그 일의 선구자가 될 가능성도 별로 없다. 그 외에 보통 사람들이 상상하는 많은 미래기술이 이미 있거나 연구가 웬만큼 진행되었다고 생각하는 편이 좋다.

그러니 뭘 만드는 장면은 넘어가는 편이 좋다. 흥미롭지도 않을뿐더러 본인이 그 연구의 최전선에 있지 않은 이상 초보적인 실수를 할 가능성이 너무 높다. 지구에서 우주선을 만들며 시작하기보다는 우주 한가운데에서 이야기를 시작하시라.

박사님이 가상세계를 만드는 장면은 넘기고 가상세계 한가운데에서 시작하시라. 스마트폰을 만드는 스티브 잡스의 성공담을 다루기보다는 일상에서 스마트폰을 쓰는 보통 사람을 보여주시라. 그 편이 훨씬 더 소설적이다.

장편 투고작은 웹소설의 유행 덕인지 단행본보다는 연재소설에 가까운 작품들이 눈에 띄었다. 소설에 많은 것을 담으려다 보면 아무것도 담지 못한다. 말하자면, 하나의 소설은 하나의 이야기만으로도 벅차다. 1,000매 정도의 소설은 장편이라 해도

단편의 구조를 생각하며 쓰는 편이 좋다.

외국인은 많이 줄었지만 대신 이름 없는 인물이 늘었다. '남자', '여자'의 이름은 아무것도 말해주지 않는다. 알파벳 약어의 이름도 혼란을 준다. 자신의 인물들에게 적절한 이름을 주기 바란다. 이런 말들은 작년보다 열 걸음은 앞으로 나아간 말들이다. 기쁜 일이다.

당선작인 『기파』의 소재, 반전과 메시지는 SF를 많이 보고 좋아하는 독자라면 어쩌면 익숙하게 느껴질지도 모른다. 하지만 새롭지 않은 이야기라도 계속 다시 하지 않을 이유가 없다. 주어진 지면을 충실하게 활용하면서 곁가지로 빠져나가지 않고 하나의 사건, 주제, 몇 명의 인물에게 잘 집중한 소설이다. 특별히 소설이 무엇을 대놓고 웅변하지 않더라도, 살아 있는 인물을 만들고 독자가 그의 입장에 충분히 공감하게 해주는 것만으로도 메시지를 전할 수 있음을 잘 이해하고 쓴 소설이다. 온 힘을 다해 사람을 구원한다는 주제 의식을 놓치지 않고 진중하게 끌고 가는, 세상을 바라보는 작가의 따뜻한 시선을 느낄 수 있는 작품이다. 예심에서 읽었을 때도 독보적이었으며, 심사위원의 만장일치로 이견 없이 당선작으로 선정되었다.

본심작 중 『미드나이트 아일랜드』는 로봇의 시선으로 인간을 연민하는 전개가 사랑스러운 면이 있었다. 하지만 유명한 어느 영화의 플롯을 그대로 떠올리게 하는 점은 설령 의도치 않았더라도 큰 단점이었다. 로봇으로 설정한 화자의 시선이 인간과 크게 다르지 않고, 복제인간들의 심리는 로봇의 시점에서 묘사돼 역시 깊이 파고들지 못했으며, 결말 또한 성급한 감이 있었다.

『시작은 끝보다 어렵다』는 차분한 문체가 좋았고, 군인의 삶을 보여주는 듯하지만 실제로는 통제받는 청소년의 학교생활을 연상시키는 점이 공감을 느끼게 해주었다. 이 소설의 단점은 작가가 직접적으로 말해주는데, '켈리를 파괴하려고 군인이 되었는데 어쩌다 보니 유야무야되며' 희미한 결말을 맺고 만다. 제목과 달리 끝이 시작보다 어렵다. 서두에 제시한 문제를 충실하게 파고들어 결론을 잘 내렸다면 좋았을 것이다.

『휴먼컬렉션』은 미래 세계에서 수사관이 사건을 해결하는 연작소설로, 각 에피소드가 충실했다. 오래 쓴 소설이라 생각되며 하드보일드한 여성수사관에 주인공 듀오의 성 역할이 반전된 점이 활기를 주었다. 하지만 저자의 시선이 전체적으로 그렇지는 않은 편이고, 알파벳 약어의 이름과 보통의 이름이 섞여 있는 점이 불필요한 혼란을 준다. 섹스 기계의 소재는 설령 분위기에 어울리더라도 사유가 필요할 것이다. 단편이 이어질 뿐 결말이 없어 완결된 소설로 볼 수 있는가에 또한 의문이 있었다.

본심에 올리지는 않았지만 『어스닷컴』은 열심히 쓴 소설이었다. 하지만 단행본 장편보다는 연재소설에 어울리는 구조였고, 성실한 전반부에 비해 후반부가 균형을 맞추지 못하고 샛길로 빠지며 급격히 끝나버린다. 앞에서 말했듯이 이 정도 분량의 장편은 오히려 단편의 구조에 맞추는 것이 좋다.

김창규 _소설가

SF라는 장르를 논하기 이전에, 소설은 '살고 느끼고 생각하는' 이야기를 담는다. 또는 인물, 은유, 상황, 사건과 함께 여러 기법을 통해 어떤 삶과 감정과 사유를 떠올리게 하는 것이 소설이라 할 수 있겠다.

독자는 그 속에서 공감이 가는 요소와 의미를 찾는다. 작품 속 삶과 경험은 여러 특색을 띨 수 있고, 보통 그 특색이 장르를 결정하게 된다. 그런데 SF를 써야 한다는 의무감이 앞서다 보면 시야가 좁아져서 소설의 기본에 공을 들이기보다는 SF의 외적 특색만 내세운 결과물을 내놓을 위험이 있다.

하지만 소설이 되지 못한 글이 SF로 읽힐 가능성은 '0'에 가깝다. 하고픈 이야기가 무엇인지 결정하지도 않고 소설을 쓸 가능성 또한 '0'이나 다름없다. 따라서 심사를 진행하는 첫 단계는 기본을 갖춘 투고작을 가리는 일이다. SF를 고르기 전에 소설이라 보기 어려운 글부터 솎는다는 뜻이다.

어법이 무너진 글, 누구도 공감하기 힘들고 극단적인 사상을 피력하는 글, 선정성이나 묘사에 치중해 이야기가 갈 길을 잃은 글, 비인도적이거나 시대에 완전히 역행하는 글, 특정 종교의 세계관을 제시하는 것만이 목적인 글, 소설 장치도 아닌 비속어를 남용하거나 작가의 이유 없는 분노만으로 점철된 글 등이 이 단계에서 제외됐다. 그 수가 적지 않았던 점이 가슴 아프다.

그다음 단계로 진출한 응모작들의 수준이 고르게 향상된 것은 제3회 한국과학문학상 공모전의 특징이다. 장편과 중단편을 간단히 비교할 수는 없지만, 중단편 부문에 상대적으로 우수한 작품이 많았다. 그 덕분에 중단편 수상작을 선정하기까지 더 오랜 논의가 있었다.

수상에 이르진 못했지만 본심에 진출한 응모자들 가운데 많은 분이 다른 기회, 다른 장르에서 충분히 작가로 올라설 힘을 갖고 있었다. 낙담하지 말고 조금만 더 힘내시라 응원하고 싶다.

후보작 『미드나이트 아일랜드』는 무엇보다 기시감이 발목을 잡았다. 장편을 구성하는 능력은 이 응모작으로 확인됐으니 글을 구상하는 단계에서 한 번 더 다각도로 상상해보는 훈련을 권하고 싶다.

『휴먼컬렉션』은 수사물이다. SF 수사물을 시도하는 많은 분이 간과하는 점이지만, 특정 시대의 범죄를 정의한다는 것은 그 시대의 상황과 사회적으로 합의된 윤리를 보여주는, 정교하고 힘든 작업이다. 하지만『휴먼컬렉션』은 선정적인 요소가 부각된 반면 심도 있는 고민이나 고찰이 드러났다고 보기 어렵다. 큰 결말로 이어지지 않은 연작 형태도 감점 요소가 되었다.

『시작은 끝보다 어렵다』는 지나친 번역 투 문장 때문에 일독에 방해를 받았다. 응모자가 꼭 극복했으면 하는 점이다. 작품 속 인물의 행동 동기는 끝까지 유지되거나, 바뀔 경우 그에 걸맞은 이유가 제시돼야 하는데 그 어느 쪽도 아닌 상태에서 소설이 끝에 도달하는 문제가 가장 도드라졌다.

대상작인『기파』는 다음 과학문학상 응모를 계획하는 분들뿐 아니라 SF를 창작하려는 분들에게 여러 면에서 좋은 참고가 될 작품이다. SF를 써야 한다는 강박에 묶인 나머지 이야기를 잘 빚어야 한다는 사실을 잊는 분들을 많이 봤다.『기파』는 소설의 기본인 강조와 생략, 잘 정리된 인물, 분명한 갈등 상황, 독자가 공감할 수 있는 심리 변화 등을 고루 갖췄고, 바로 그런 면 때문에 큰 이견 없이 당선됐다.

정보라 _소설가

 예심에서는 한국어 구사, 즉 문법과 맞춤법, 어법, 적절하고 정확한 어휘 사용 여부를 우선적으로 봤다. 비속어가 곧 구어적 표현은 아니며 줄거리 전개와 분위기나 상황 묘사에 있어 비속어 없이도 다양한 감정을 전달하는 것이 문장력이다. 이와 함께 소설적인 구성, 즉 줄거리와 소재와 인물의 유기적 연결, 개연성 있는 전개와 결말, 독창적인 기법 여부를 심사의 기준으로 삼았다.

 이와 관련해 유려한 한국어의 구사 능력과 퇴고의 중요성을 말씀드리고 싶다. 문학상 공모든 혹은 다른 지면이든, 작품을 제출하기 전에 퇴고를 제대로 하는 것은 작가로서 기본 중의 기본이다. 퇴고할 때에는 편집 과정에서 문장이나 단어의 일부가 탈락하지 않았는지, 오타와 비문은 없는지를 살펴야 한다.

 예를 들어 '나름'은 부사가 아니라 의존명사이므로 '나름 유명하다' '나름 잘 했다' 등의 표현은 한국어의 문법에 어긋난다. '그 나름대로' 혹은 '자기 나름대로' 등 앞에 누구의 나름인지를 밝혀주어야 한다. 또한 목례(目禮)는 목으로 하는 인사가 아니고 시선을 마주치며 눈짓으로 인사를 대신하는 것이다. 작가로서 자신이 구사하는 언어의 단어 의미와 용법을 명확히 숙지하고 사용해주시기 바란다.

마지막으로 과학문학도 문학이므로, 문학상을 수상하는 작품으로서 적절한 주제 의식을 표현하는 작품인지를 심사의 중요한 기준으로 삼았다. 전반적으로 과학소설을 쓸 때 인권 감수성과 젠더 감수성을 키우고 음모와 반전에 대한 집착을 버렸으면 한다. 문학 작품이 아닌 'SF를 쓴다' 또는 'SF는 이래야 한다'라는 편견을 버리고 꼭 하고 싶은 이야기가 있기 때문에 그 이야기를 했으면 좋겠다.

수상작 중 장편 부문 대상 『기파』는 소재와 주제는 매우 고전적인 편이나 우주크루즈의 사고에 대하여 진상을 밝히는 구성과 전개가 매우 흥미롭고 주요 등장인물들의 묘사가 개성 있어 여러 본심 진출작 중 돋보였다.

대상부터 가작까지 수상작들 모두 감히 평을 하기보다는 그냥 감상을 말할 수밖에 없을 정도로 뛰어난 작품들이었으며 이러한 작품들을 읽고 새로운 작가들을 접할 기회를 얻게 되어 감사하다. 그리고 문학상의 수상작으로는 조금 더 넓은 시야에서 명확한 메시지를 전달하려는 작품들이 선정되었음을 투고자 여러분들도, 독자 여러분들도 이해해주시기 바란다.

전반적으로 우수한 작품들이 매우 많아 본심 진출작을 결정하는 데도 어려움이 있었으며 본심에서도 심사위원들 모두 치열하게 토론하고 고민하고 논의한 끝에 수상작을 결정할 수 있었다. 수상하신 작가님들께 진심으로 축하의 말씀을 전하며 앞으로도 훌륭한 과학문학 작품들을 계속 활발히 발표해 한국 과학문학의 지평을 넓혀주실 것을 기대한다.

정소연 _소설가

이번 한국과학문학상 응모작 심사는 상당히 어려웠다. 중단편 부문 응모작들은 전반적으로 고르게 우수해 본심 대상작을 선정하는 것부터 쉽지 않았다. 중단편 부문 본심 대상작을 각 3편씩 고르기로 했으나 5명 중 4명의 심사위원이 4편을 고른 것도 이런 상향평준화 추세를 반영한 결과일 것이다.

본심 과정에서도 낙선작과 당선작 사이의 간극이 넓지 않아 심사위원들이 여러 작품을 놓고 마지막까지 치열하게 논쟁했고, 더 많은 작품을 수상작으로 선정할 수 없다는 점을 크게 아쉬워했다.

반면 장편 부문 응모작들은 중단편에 비해 수준이 현저히 낮았다. 글의 호흡이나 전개, 장르성이나 완성도를 따지기 전에 기본적인 맞춤법조차 제대로 지키지 못한 응모작이 많아 당혹스러웠다. SF가 역사적으로 단편 중심의 장르라는 점이나 장편 탈고는 기성 작가들에게도 쉽지 않은 일이라는 점을 고려하더라도, 중단편 부문과 장편 부문의 수준 차이가 아주 컸다.

장편 부문 수상작 『기파』는 장편 응모작 중 단연 돋보이는 글이었다. 고심해 다듬은 흔적이 역력했고 탄탄하고 충실한 전개가 훌륭했다. 전반적으로 고전적인 면은 있으나, 무리한 참신함보다는 SF로서의 건강함과 안정성에 무게를 둔 작품이었고, 그 점을 높이 평가했다. 수상자의 발전 가능성에 기대가 크다.

SF 작가의 세계에 온 당선자들을 환영하며, 동료이자 독자로서 다음 작품을 기대한다. 심사하며 느낀 점 몇 가지를 당부하고자 한다.

첫째, 인공지능, 안드로이드, 로봇은 이미 대단히 식상한 소재다. 흔한 소재를 사용하는 것 자체는 문제 될 것 없지만, 남들도 다들 쓰는 소재로 남들보다 더 흥미로운 이야기를 만들기란 아주 어렵다.

특히 공모전에 응모할 때는, 같은 소재로 비슷한 반전을 시도한 글 수십 편을 읽으며 심사위원이 어떤 느낌을 받을지 전략적으로라도 생각했으면 한다. 아예 안드로이드나 인공지능이 등장하지 않거나 흔한 소재를 정색하지 않고 다루기만 해도(달리 말해, 소재를 이용한 무리한 반전을 시도하지 않기만 해도) 괜찮아 보일 정도였다.

둘째, 비슷한 장면묘사가 많았다. 구체적으로는 '파트너 형사나 수사관들이 수상한 빈 공간을 탐색', '연구소에서 일하는 연구자들', '아내와의 부부싸움', '낯선 여성에게 불현듯 매혹된 순간' 등이다. 이런 장면에서 여러 응모작의 기술(記述)이 천편일률적으로 흡사했을 뿐 아니라, 마치 다들 동일한 2차 자료를 참고한 것처럼 실재감이 결여됐다.

셋째, 제목을 신중하게 짓기를 권한다. 좋은 제목이 도무지 떠오르지 않았다면, 차라리 응모 날짜를 제목으로 하는 편이 인공지능, 사창가, 자궁 같은 단어를 제목에 쓰는 것보다는 나았을 것이다. 제목도 작품의 일부다. 다른 책, 음악, 영화 등의 제목을 그대로 사용하거나 영문 혹은 영문자를 사용한 제목도 많았는데, 한국문학에 외국어를 사용할 때에는 그 사용이 필요하거나 적절한지 다시 생각해보기를 바란다.

넷째, 존재론적 고민은 아주 오래된 근본적이고 철학적 질문이다. 무엇이 사람을 사람이게 하는가, 기계가 인간인가 아닌가, 로봇은 인간의 적인가 친구인가, 신은 존재하는가 같은 거시적 주제 외에 '소설가'로서 '소설'을 통해 달리 하고 싶은 말이 정말 하나도 없는지, 독자와 이야기하고픈 다른 질문은 없는지 더 사유하라. 절대다수의 응모작들이 이런 철학적 질문에 교조적으로 함몰돼 있었다.

다섯째, 많은 응모작에 분노가 담겨 있었다. 이는 심사위원들이 공통적으로 느낀 문제점이었다. SF의 미학은 분노가 아니라 경이감에 있다. 애당초 분노는 SF에서 가장 잘 다루어질 수 있는 감정이 아니다. 어떤 작품이 전하는 가장 강렬한 감정이 분노라면, 이는 작가가 장르를 잘못 선택한 것이다. 하물며 이유나 논리가 불명확한 거친 분노는 독자를 괴롭힐 뿐이다. SF라는 장르를 이해하고, 당신의 글을 읽는 독자를 존중하라. 창작은 화풀이의 도구가 아니고 독자는 화풀이의 상대가 아니다.

혼자 지구 반대편으로 떠난 여행의 마지막 날이었습니다. 저는 백조 떼가 유유히 떠가는 호숫가에 앉아 햇볕을 쬐고 있었습니다. 거기서 이런 생각을 했습니다. 여기 사는 사람들은 얼마나 좋을까. 창문만 열어도 이런 멋진 풍경이 눈앞에 있으니까요.

역으로 돌아가려고 호수 근처 골목을 지날 때였습니다. 저는 그곳에서 작은 여행사 사무실을 발견했습니다. 아름다운 관광지로 유명한 이곳에서, 그 여행사는 이곳 풍경과 다른 아시아 여행지를 소개하고 있었습니다.

아, 완벽해 보이는 곳에서도 사람은 새로운 곳을 향해 떠나는구나. 그때 처음으로 오르카호를 떠올렸다고 생각합니다.

여행을 다녀오고 반년 후, 저는 『기파』 초고를 만들었습니다.

그리고 몇 년에 걸쳐 천천히 이야기를 완성했습니다. 어떤 문장은 왕복 4시간이 넘는 통근 시간의 고속버스 안에서 작성되기도 하였고, 어떤 문장은 간신히 앉은 지하철 좌석에서, 출근 시간이 가까워져 오는 플랫폼 벤치에서 만들어지기도 했습니다. 그 문장들이 모여서 이야기를 이루고, 그 이야기가 한 권의 책이 되었습니다. 그렇게 책이 나온다고 생각하니, 그동안의 시간이 헛되지만은 않았다는 생각이 듭니다.

고마운 사람들이 많습니다. 넌 무슨 일이 있어도 글을 계속 쓸 거라고 말했던 분, 아직도 그 소설을 붙잡고 있느냐면서도 꾸준히 읽어준 분도 있습니다. 이 이야기는 단편으로 쓰기에는 아깝다며 분량을 늘려보란 조언을 준 분, 위기의 순간에 영감을 주는 아이디어로 이야기가 다시 굴러갈 수 있게 도와준 분, SF를 쓴다고 하자 어떤 건물에도 숨겨진 부분이 있다며 천장을 뜯어서 보여준 고마운 분도 계십니다. 제가 방황을 끝내고 글을 완성할 수 있었던 건 이분들 덕분이었습니다.

제가 쓴 글이 세상 밖으로 나올 수 있게 해준 머니투데이 관계자분들과 심사위원분들께 이 자리를 빌려 감사 인사를 드리고 싶습니다. '한국 작가의 SF 장편은 책으로 만들기 힘들다'라는 현실의 벽 앞에서, 제가 용기를 내어 이 이야기를 끝마칠 수 있었던 건 '한국과학문학상' 덕이 큽니다. 이 공모전이 아니었더라면 『기파』는 빛을 보지 못했을 겁니다.

그리고 이 책이 나올 수 있게 꼼꼼히 조언 주시고, 열정적으로 손봐주신 김학제 편집자님과 동아시아 출판사 식구들께 머리 숙여 감사 인사를 드립니다. 또한 저보다도 잘될 거라고 믿어 의심치 않고 지켜봐주신 부모님께도 감사드립니다.

앞으로도 어디에 있든지 항상 생각하고, 글을 쓰는 사람이 되겠습니다.